宜君县残疾人联合会专项扶持项目作品

家在宜君

冯新明 / 著

吉林人民出版社

图书在版编目（CIP）数据

家在宜君 / 冯新明著. -- 长春：吉林人民出版社，2023.11

ISBN 978-7-206-20724-2

Ⅰ.①家… Ⅱ.①冯… Ⅲ.①散文集-中国-当代 Ⅳ.①I267

中国国家版本馆 CIP 数据核字（2023）第 257651 号

家在宜君

JIA ZAI YIJUN

著　　者：冯新明
责任编辑：王胜利
出版发行：吉林人民出版社（长春市人民大街7548号　邮政编码：130022）
印　　刷：长春市华远印务有限公司
开　　本：880mm×1230mm　1/32
印　　张：6.875　　　　　　　字　　数：170千字
标准书号：ISBN 978-7-206-20724-2
版　　次：2024年2月第1版　　印　　次：2024年2月第1次印刷
定　　价：58.00元

如发现印装质量问题，影响阅读，请与出版社联系调换

序　言

张应龙

宜君历史悠久，文化源远流长。有着七千多年前的仰韶文化遗址，属于黄帝文化圈。古代先贤群星璀璨，民间文化丰富多彩。

近年来，宜君县委、县政府带领勤劳朴实的宜君人民，高举中国特色社会主义伟大旗帜，用勤劳和智慧在宜君这片热土上辛勤耕耘，把宜君建成了宜商宜居的美丽家园。各行各业硕果累累，文学艺术界大放异彩。反映人民生活、见证宜君发展、讴歌时代精神的文学艺术作品如雨后春笋般层出不穷。

这部散文集是我们宜君县农民作家冯新明的作品。每一篇文章都是生活中的所闻所见、所感所想，体裁多样，风格迥异。思路跌宕起伏却又不脱离实际，语言生动活泼却又亲切而不失文雅。作者用扎实的写作功底和写作技巧，小处着手，大处着眼，深刻细腻地展示了宜君人民的风土人情和精神面貌。

作者是一个坐在轮椅上的肌肉萎缩症患者，虽然行动不便，但面对生活从不气馁，以积极阳光的生活态度、健康向上的思想意识、独特敏锐的观察能力、热爱家乡的创作热情在文学创作的道路上勤奋耕耘。作者以文字的形式，把宜君人民群众的生活状态和精神面貌呈现在人们眼前。

文艺是"为人民服务,为社会主义服务"的。中国优秀传统文化既是民族振兴的精神动力,又是建设先进文化的重要基础。作者这种身残志坚、锲而不舍的精神,是我们宜君人民的骄傲,更值得我们学习和宣扬。

(张应龙,陕西省铜川市政协原主席。)

向新明祝贺

吕学敏

他执意且执着地在搞文学创作。我说的是冯新明。和冯新明认识是通过他的弟弟（一个画家）。于是便加了微信，偶尔看到冯新明公众号上的文章，他也看到了我的若干文章。网络的亲近似乎没有了护城河那样的障碍。我想见见他，想了解一个严重残疾的人是如何固执而微笑着去抚摸文学的，于是我们到了宜君县的尧生镇。

他执意且执着地在搞文学创作。他坐轮椅领着我们看了他的村子，我们也看了他的家和他那爿小商店。在我看到沿路一处土崖的一棵小藤树的根完全裸露在外，可小藤毅然坚强着向上，还要把自己的柔枝挂绕到旁边的大树上时，我瞬间缥缈了想法。这就是冯新明。

他执意且执着地在搞文学创作，那是他的灵魂需要。我陆续从公众号上看了不少他的作品，也偶尔与他讨论一下，也讨论那些别人看偏了的有关文学的问题。他的作品敞开了话题，写他的经历，写他的生活和无奈，也有憧憬和花开。如果别人在用文学唱赞歌，向自己珠光宝气的人生大肆喷香的时候，他在思考，他在审视五谷，他实在没有过多需要他炫耀的事情，他不向苦难吐一口就是很感人的事。我们对他的文章不必刻意说什么，他如实记录一个春，一个秋，一个夏，一个冬，这就是非常好的日子。文学不需要条件，只需要才情和摇曳。我记得他曾对尧生的学校与别处的学校合并发出过感叹和忧情，这说明他那里没有海，却在渴望看到海。难得的是，他有文学的自觉，没有轻浮地去做那些用文字跟风的事情。他的地皮是黄土高原和一爿小商店和一只狗或加一只鹅。他也确实在宜君的尧生镇仰望着、审视着。

虽地处黄土高坡，可在生态明丽的宜君，文学也是姿态大方，出作品更出作家。新明就是其中之一。我看了他发来的大部分作品，融情而有特色的作品。他是很谨慎地给我说，邀我给他的作品写几句话，说宜君残联给他出书，让他的作品飞翔起来。对他的邀话，我很重视，别人的或可婉拒，他的则不能。于残联的善助之为，我也要肯定地说好，阳光来了，多在新明这样的门前明媚，是很值得的事情，他在用文学给自己鼓劲，为人生撑持，他得到的不仅是温暖，还有彩霞。我们都应该看到这样的支持和温暖。更祝贺他的文学大放光彩。

（吕学敏，陕西商州人。中国作协会员，陕西作协理事，曾任铜川作协副主席，铜川新区作协主席。著有长篇小说《子宫》《腿林》《须根系》《童话庄》《吾州河》《小舅好》等十多部，另著有散文集《清夜闲步》《青堂瓦舍》、小说集《槐花香》《蝴蝶表妹》等，曾获中国人口文化奖、铜川文学奖等。）

文字为他插上一双翅膀

张淑霞

2017年9月,我那时还没见过冯新明,但彼此都算熟人,都是"舞文弄墨"的同道中人嘛。

有一天,他发来一篇文章,一篇写他父亲的文章,说实话,读罢令我大吃一惊。知道新明文章好,但没想到这么好。我把文章转发出去,不出所料,得到了广泛的回应,甚至有个大文人回复称赞:文笔好,有天赋。

这篇文章引发了我的思考,什么是好文章?

有人性,有神性,也有魔性,既像土里播种、蔓上结瓜那样自然而然、饱满真实,又有笔尖有牙、字里有爪、在你心上挠下一道道血痕的刻骨铭心和念念不忘。

好文章不谄媚、不讨好、不迎合。好文章是作者写给自己的。紧接着,我读到了《树后面,躺着母亲》,看到标题我就哭了。七个字,道尽人间悲欢离合。冯新明,你太会赚人眼泪了。

读完新明的文章,令我有一种幻觉,越来越明晰的幻觉:过往是一片望不到边的麦田,新明站在他的地里,随意揪了几根麦,揉搓着,吹了口气,吹走了麦秸,手心里是饱满的麦粒,他放进嘴里慢慢地咀嚼,远处的果园,少年的新明跟在拖拉机后面磕磕绊绊。一间校舍,几个学生,吃派饭,拿粉笔,在黑板上写漂亮的粉笔字……然后，笔下开始生花，纸上开始结果。似乎暗淡了的人生，被他用文字点亮了，这就叫本事。（弹出这个句号时，我内心温柔，像抚琴一样。）

我将他视作朋友和知音，崇拜并心疼这个兄弟。王国维总结李煜一句话："天以百凶成就一词人。"这用在新明身上最合适不过。命运拼命捉弄一个人，一定是他太过优秀，太过突出，老天爷嫉妒，或者奉旨历劫，用灾厄打磨他、成就他。一定是。

我劝新明出一本书，他不出，一是对自己的文章不满意，二是不想让自己的心血印出来束之高阁、遭受冷落。就在一周前，听到他出书的消息，我几乎是欢呼雀跃，老天爷，你欠冯新明一瓮糖啊，这次，算还了一颗。期待新书，说好了，新明，至少给我两本，一本阅读，一本珍藏。

（张淑霞，笔名"笨芭蕾"，女，宜君县人。陕西省宜君县人大常委会原副主任，现离休，专注文学写作，有自己的文学公众号"雪舞梨花"。）

在自己的世界里芬芳

和卓雅

知道冯新明这个人是从一篇文章开始的,平时就很关注擅长文字的人,他的一篇文章,从篇首几句就吸引了我的眼球,一口气读下来,感觉字字珠玑、酣畅淋漓,写满了辛酸、通达到人性,睿智幽默、积极乐观。让我没想到的是,这出自一个农民,并且是身有残疾的笔耕者之手。后来,我专门去他家探望,进一步了解,并且吸收他为我们作家协会会员。

虽然他身体残疾,行动不便,疾病在一点点吞噬他的肌体,折磨他的精神,你能感受到这个七尺男儿心如莲子,愁似春蚕。但他又有坚硬的壳,甘苦自享;有柔韧的茧,冷暖自知。而这,就是他的笔。他笔下的故事,像是用血泪凝结包裹的宝石,悄然掩藏到花木掩映的心灵的湖底,藏到任何人、任何岁月都无法触及的地方。

那深情的笔尖,习惯了压抑和埋没,懂得了曲折和沧桑。一层一层,写满了心灵的悲喜和年华的风霜;一缕一缕,吸纳着清冽的花香和泥土的芬芳。他的文章,穿越层层封锁,透出丝丝幽光。

见了他几次,他坐在轮椅上,浅浅地一笑,打个招呼,平静坦荡,不动声色。但他的眼睛有闪烁的火花,有自己的执着,也有一丝怨恨和冷漠，有那个美丽忧伤的经过。

可以想象他在多少个日日夜夜，静下心来，将自己那份泫然欲泣的感受，规范成得体的文字大大方方发表出来。就让该沉淀的沉淀，该升华的升华。有多少美丽，刻骨铭心；有多少辛酸，甘之如饴。留一份感动，迎接风侵雨蚀，笑傲辛苦遭逢。几十万的文字，记录了多少感动，毛虫可以羽化，凤凰可以涅槃。

虽然无力的双手抚不平他满心的沧桑，可他的精神家园，青山隐隐，绿水迢迢。赏花龙山下，吟诗洛河边。在自己的世界，芬芳着那朵永不凋谢的文字之花。

（和卓雅，宜君县文联主席。）

目录
CONTENTS

家在宜君　　　　　　　　　　　　001
咱宜君人　　　　　　　　　　　　007
独游花溪谷　　　　　　　　　　　013
哭泉梯田，翻滚在山坡上的白浪　　019
当时，我想振臂一呼　　　　　　　022
柳笛声声　　　　　　　　　　　　026
桑　园　　　　　　　　　　　　　030
紫色地丁花　　　　　　　　　　　036
紫叶李的春天　　　　　　　　　　041
树后面，躺着母亲　　　　　　　　046
母亲的苹果树　　　　　　　　　　051
半根黑发　　　　　　　　　　　　058
面向自然，红尘纷扰便在身后　　　061
怀念头发　　　　　　　　　　　　068
聚大荔　　　　　　　　　　　　　073

狗零狗碎	077
搭车记	085
文字的"实惠"	089
土地，土地	094
我属牛	098
笨芭蕾家客厅的阳光	104
父爱是座"山"	110
文人趣事多	114
深秋暖阳	119
怀念田海燕	122
蓝田王尊让	126
聚会记	130
逝者如斯夫	147
小元，白塬	151
"雨落"有个姨	157
网购春天	162
《往事》之——有雪的冬	167
雁门山哟！	169
原上的果木树	175
以牛为伴的童年	182
无处安放	199

后　记　　　　　　　　　　203

家在宜君

　　小时候家里农活特别多，一般不敢远离，要随时待命。小孩子时刻都在想着玩耍，以打发无聊。苦于没有玩伴，又没有别的娱乐活动，只好翻找些书报来读，报纸也不知是哪年的了，翻来覆去地看也腻了，书也只有课本，课本多的是，小学的、中学的，哪一家没个两三本。课本以外的图书也有，但凤毛麟角，就像过年的压岁钱一样少得可怜，牛肉卷一样的小人书居多，而且还要偷偷摸摸地看，一旦被老师和家长抓到，就有毁书揍人的悲惨下场。因此，这些能接触到的课本，就成为我认识世界的良师益友，课本看完了，就抻着脖子看糊在墙上的报纸。

　　看得多了就喜欢上了写，写作文似乎毫不费力，这注定了我在别人眼中的异类形象，因为写作文对大部分人来说，是个噩梦。如果老师再把我的作文在课堂上念出来，那便是我的噩梦！好长时间，我要忍受同学的冷嘲热讽，以及孤雁失群的凄凉。十年浩劫之后，教育的缺失导致了一代人对文化的漠视，那时，农村人对孩子的期望，只是长成一个强壮的劳动力。

　　好在他们的孤立并没有减退我对写作的热情，我依然喜欢将心事诉诸笔端，喜欢看这些跳跃着的精灵，钻进我视若珍宝的日记本里。我没有游历过名山大川，也没有过轰轰烈烈的爱情，贫穷和懦弱也限制了我的想象力，注定写不出曲折动人、惊天动地之作，但仍然执着地热爱着，不曾放下。一直以来有个心愿，用这拙劣的手笔，讲述亲身经历过的那个年代的人和事，记录这个不平凡的时代，以及一代人的芳华，以慰藉这个曾经踌躇满志的灵魂。随着岁月的流逝，这种渴望竟与日俱增，一天比一天强烈，究其原因，其实是内心始终有种敬畏感，不敢随便下笔，总是怕辜负了这些文字，也不知从何说起。

从哪儿说起呢？思来想去，还是先从家乡说起吧。我的家乡，是陕西铜川北部一个叫宜君的小县，说她小，不仅是因为她的地域面积，更多的是因为她在外界的知名度。宜君，北临闻名全国的黄帝陵，南临煤城铜川。我看过很多介绍陕西的文字，每次看到都会迫不及待地先去翻找关于宜君的信息，但是这种期待往往以失望告终。这些惜字如金的家伙，像商量过一样都不约而同地跳过宜君，这让我非常愤懑，我的宜君就那么不堪吗？但是激动过后细细想来，也难怪引不起人家的重视。一般介绍某个地方，人们总喜欢搬出本地的名人或名胜以佐证，但我的家乡似乎真没什么能搬得上台面、让多数人熟知的东西。看着别人听到"宜君"两个字，一脸茫然的样子，让我觉得很尴尬，再遇到别人问起时，索性就以"挨着黄陵"作答。

宜君县是个典型的农业县，鲜有矿产资源，在陕北最南，关中最北。20 世纪 80 年代以前，宜君属延安地区管辖，可能是觉得实在没什么油水还要拖后腿，便扔给了铜川市。

宜君县城的地貌很特别，陕北一带多是厚厚的黄土，少有石山，周边县城都建在黄土高原特有的平原宽阔地带，而她却偏偏孤傲地挺立在山梁之上，更为奇特的是，比周围高出许多的石山，地下水位却很高，县城里到处可见从断崖中不断潺潺流淌出的泉水。210 国道倒是没嫌弃，它蜿蜒曲折地爬上宜君梁，从县城仅有的一条街道穿过，在陕北煤炭、石油主要依靠公路运输的二十世纪八九十年代，每天都有不计其数的汽车来来往往地奔忙着，隆隆的声音响彻山谷。这多少让她有了点儿知名度，过路的司机对此地的印象是极深的，爬宜君梁汽车变牛车，费油不说，经常还会抛锚。

我第一次进宜君城是1990年，在这之前最远去过离家二十里之外的镇上。憧憬之中的城里，是有着漂亮大楼和干净平坦马路、绿树掩映下卖各种商品的商店的。可在颠簸了一个多小时之后，一下班车我顿时蒙了，街道既不宽阔也不平坦，到处是大大小小的坑和散落的煤渣、石子儿，两旁高矮不一的建筑被煤灰覆盖着失去了本来的颜色。一辆接一辆的卡车，跑下坡的像脱缰的野马，上坡的车引擎怒吼着，像一头拉着沉重犁杖的老牛，比步行的人快不了多少，嘈杂声震得人胆战心惊。

由于常住人口不多，街道两旁除了机关单位，也没有多少门面，显得异常冷清。很多房子依山而建窝在半山腰，门前的弯弯曲曲的小径，杂乱地铺着几块石板。更可笑的是，我居然在路旁还看见了一块种着几株西红柿的小菜园，西红柿的叶子上也积了一层厚厚的灰尘，几个灰头土脸的青色西红柿可怜巴巴地吊着，不由让人心生怜悯，替它们的处境感到惋惜，生到这城里有什么好？乡里再不好也还有个干净的环境，不至于被弄成这个鬼样子。

每个喜欢写写画画的人，都有过母亲和故乡的主题。什么是故乡？你在乡镇，见着村里的人亲；在县城，见着同乡的人亲；出了省，见着同省的人亲；出了国，13亿中国人都是亲人；宇航员在太空看见地球，会在心里说，那里是我的故乡！当一个人头脑里有了"故乡"这个概念的时候，基本已经离开她很久了。为什么牵挂？因为那里有母亲，有亲人和朋友。她的美丑已不再重要,重要的是任何关于她的消息。

此后的十几年,我开始远离故土,去外地求学、谋生,大大小小的城市也去过不少,每到一地都不自觉地会拿看到的东西和家乡比,虽然心里总有种像鲁迅先生说的"哀其不幸,怒其不争"那样的怨气,但我明白毕竟是生我养我的土地。就像一个小孩子,经常在母亲的关切唠叨下,不胜其烦,急切地想逃离,一旦离开,又止不住在深夜里魂牵梦萦。我记得在洛川念书的时候,每天早读,我会静静站在楼道里,听远处车站播音员通知:"去往黄陵、宜君、西安方向的旅客……"那甜美的声音,熟悉的地名,让我心潮澎湃,一度认定那个播音员一定是世界上最漂亮的女人。

县城毕竟是一个地方的窗口和名片,是本地人的脸面,因此她的兴衰,牵连着每一个与她有交集的人的心。既然是专门说故乡,不顺便夸一夸,似乎也不近人情,连歌里都唱"谁不说俺家乡好"。其实好不好自己说了是不作数的。很多人一提故乡,显然有些过激,夸得不够理性,甚至有些牵强附会,所以我在写下面这段时候,还是经过再三斟酌了的。

可喜的是,近年来,宜君县城的面貌得到极大改观。自国道改线以及高速路修通以后,小城恢复了宁静,逐渐显露出她与众不同的一面。在毗邻的诸多县市,以牺牲生态为代价疯狂掠取资源,弄得满目疮痍之后,相比之下,宜君倒成了笑到了最后的赢家,当初的劣势变为优势,静下心来细细品味,倒还是有些可圈可点之处。

宜君的变化其一在于她的"绿"。绿是宜君城如今的主色调,其实以前也绿,但那绿曾经被工业文明践踏得不成样子,失去了本来颜色,相反,那些绿在当时顶多算得上是"荒芜"。而现如今,绿色已成为世界公认的健康色,成为一种概念,自然是抢眼的。宜君的绿，不像大城市那样，是耗费大量人力物力所营造出来的、矫揉造作的绿。大城市是在水泥丛林里建绿，而宜君则是在绿色中建城，目光所及之处，都能看到郁郁葱葱的植被，且绿得自然，绿得舒心。

其二是"白"，这白，来自宜君的雾，这个大自然的神来之笔不是谁想有就会有的，多少钱也买不来，能买来的也是"雾霾"。这源于她的高，昼夜温差大，在盛夏里是极具诱惑力的，当大城市的人在高温的浸淫下"热成狗"的时候，宜君城却能在清晨和傍晚倚窗观雾，享受习习山风带来的清凉。"霭霭白雾，浸城润物。习习山风，令暑不存"诗一般的存在。

宜君的另一个美，出自一位外地友人之口，他来宜君之后，我陪他到处转了转，回来之后满怀歉意地对他说，小地方也没啥看的，这样说，也是防止他说出一些不好的评价来。他也似乎看出了我的心思，稍顿，他说，你发现没有，地方小就是清静，车少人少不喧闹，人也都很平和，不像大城市的人那么焦躁，要不是工作原因，真想赖在这儿不走。

不管友人说这话是不是由衷的，但这"静"是不争的事实，人口流动性小、街道单一、没有拥挤的路口，虽不繁华但秩序井然。不论是逛街还是办事，所到之处像是专为你开放的。在这个竞争日趋激烈、人心浮躁的年代，也不失为一种独特。

2010年9月6日

怡人·宜君　　　　　　　　　　　　（摄影：张大龙）

咱宜君人

在陕西，不知从啥时候起，一直流传着有关地域的顺口溜。民谚顺口溜对地域的评价，有些确实是这么回事，有些却在流传过程中，因一字之差变了味儿，不免失之偏颇，甚至有些极端。哪个地方都有坏人，也都有好人，这些"戏说"只能作为茶余饭后的谈资笑料，大可不必完全当真。对一个地域的评价不能以偏概全、以点带面，一竿子撸倒一大片。但我相信这些东西的形成也不是凭空捏造的，多少有些必然因素。在一定程度上，这些东西还是较形象地反映了这些地方人的一些面貌。

宜君北靠黄陵，东邻洛川，南有白水县，西有古同官。这四个邻居里边，就有两个地方的人带着类似这种"标签"。

其一是洛川，洛川人"鬼"，表现在几句话都问不到底，比如："乡党你家在哪儿？"洛川人用手指个方向，说："就在雾（音）哒。"再问："东边么西边？"洛川人答："东南边。"到了也问不下个名堂，问了等于没问，所以落下个"鬼"的名声。

这其实是有原因的。据说解放战争时期，因为洛川刚好处于国共两党势力范围的交叉处，谁都摸不清眼前的陌生人属于哪个党派，唯恐说错话惹来杀身之祸，所以久而久之，就形成了这种始终保持高度警惕的状态，而陕西方言把这种行为就叫"鬼得很"，并不是传说中那个"绿脸红头发，腰里别个死娃娃"的"鬼"。

其二是白水。白水因雁门山阻隔，与宜君以北的地貌相差甚大，越往南越平坦，丘陵沟壑逐渐消失，所以人口密度相对较大。而且说话口音区别也大，白水人说话咬字就较宜君人轻一些，"轻口薄舌的"，是宜君人对白水人的印象。而且，可能由于地寡人稠，农业资源相对紧缺，白水人就很"薄"，对吃吃喝喝抠得紧，交情不是过于深厚的，给客人管顿饭是要谨慎考虑的。万一避不过，多添一双筷子，稠的变稀的，一两碟小菜摆上桌，嘴里说着："客人快夹菜，快夹菜，再甭客气。"但明显诚意不够，哪个客人好意思一筷子下去让碟子见了底儿？馍篮篮里的馍馍也不会多放，有眼色的一看都知道该不该多吃。

黄陵和宜君基本上像是一家子，生活方式上没有多大差别。早在二十世纪五六十年代还曾经合成一体。不同的是，黄陵人有华夏始祖轩辕氏的陵墓——黄帝陵，所以也有人说黄陵人"亏先人"哩，"修先人"哩。但不论是"亏"还是"修"，黄陵人总是很自豪，在中国这就是一张鲜亮的名片，到哪儿都不会没有知名度。

宜君有十个乡镇，按照地貌大致可以分为两大板块：东塬和西山。

说起来写"宜君人"这个题目于我都有些大，因为到目前为止，除了对尧生、西村、五里镇这几个乡镇熟悉以外，其他几个乡镇我都没有去过。但各个乡镇的人我还是都有过接触的，从和他们的接触中，还是能够有个大致的了解。

宜君的东塬，地势平坦、开阔，土层深厚，有利于粮食作物生长，因此村庄比较密集，人口相对集中；而西山之地，可耕作的土地则较少而贫瘠。交通不够便利，村庄较分散，居住人口不多。但相对塬区，人均土地面积大，足以丰衣足食。所以总体上宜君人生活比较踏实稳定，很少有人出外谋生。宜君人对外界了解不多，没有多少花花肠子，也很少给人耍心眼，民风淳朴如土窑茅舍、性格憨厚如大山黄土。

改革开放之后，教育科技、交通通信等事业大发展，拉近了地域之间的距离，打破了地域差别，那些曾经的偏见以及固化在人们脑海中的带有"戏谑"成分的标签也随之淡化。

所以如果现在，你再用这些顺口溜里的"标签"去看待这些地方，去和人家调侃，不仅会贻笑大方，而且说不定还会挨揍。

宜君山清水秀、气候宜人。宜君人性情温和、淳朴善良。东塬的尧生、西村、五镇、偏桥、雷原五个乡镇，农耕经济发达，人的眼界比较开阔，思想比较开化，文化气氛浓厚，尊师重教，在红色年代，革命志士、英雄人物辈出，新中国成立后，在县市以及省部级部门，担任职务的人不计其数。

东塬人注重文化，所以在文化娱乐方面也有不少传承和创新，比如尧生的秦腔戏、西村的秧歌社火，都很有名。而西山人因大多为川豫皖移民，所以和北方文化娱乐融入不深，没有多少可拿得出手的。

东塬人不讲究吃穿，但在修建房屋上很舍得投入，在东塬，人和人开玩笑说："捏你屋外都是高门楼，谁敢进么？"意思就说对方家境好，高攀不起。事实确实是这样，现在到东塬一些老村子里，依稀可见一些残存的门楼，从用料是不是很讲究和砖头上是否雕刻有花纹，就能判断出这家人的富贵程度。

门楼即门面，代表着一个家庭的脸面，人都好面子，吃穿可以简单一点儿，朴素一点儿，但建房修盖门楼置家具一定要放在首位。"有钱没钱，庄子朝南。"即使吃糠咽菜，也要弄一像样儿的宅子，在人前面子上有光彩，也不枉一辈子的辛苦。

而西山人则不同，西山人有钱没钱不让嘴亏着，进城赶集要么下馆子叫上俩菜，提上一瓶酒吃饱喝足，要么割上一吊子猪肉，弄两瓶酒提着，回家邀上三两个关系对劲的，老虎杠子五魁首喝一场，就觉得满心舒畅。

住得也不讲究，山里人大多没有院墙，几间瓦房一个小院，猪鸡满山满院溜达，我有一次到过一个山里的同学家，正准备吃饭，只见一头大黑猪大摇大摆从门里进来，径直朝着灶台跟前一口盛着泔水的大瓷盆而去，"咕咚咚"一阵猛喝，然后捞起盆里的白菜叶子、土豆皮"咔嚓嚓"旁若无人地一顿嚼，满屋子顿时弥漫起一股猪身上的气味和植物浸泡后的酸臭味儿。同学急忙上前去赶，那猪吃喝得正酣，哼哼着不肯离开，大猪头一摆，将一些剩饭的米粒溅到同学腿上，同学气恼，遂在猪身上狠踹一脚，大猪无奈地回转身向门外奔去，盆四周被泔水溅得湿滑，那两条小短腿在惊恐中被滑了个趔趄，带着嘴角残留的水滴，"嘀嘀嗒嗒"在屋里淋成一条水线，一直滴到院子里。

同学的家人已经习惯了，不觉得有什么，但同学有些尴尬。我赶忙打圆场说，我家以前喂猪也是这样，牲口知道啥嘛！

山里人卫生可能不尽如人意，但饭食却让我这个塬上人大开眼界，同学的妈妈端上来大一盘炒鸡蛋，一个劲儿劝我多吃，在她的盛情下，我第一次肆无忌惮地放开吃了一回炒鸡蛋，要知道在我家里，鸡蛋是用盐和酱醋钱换来的，逢年过节和娃娃过岁才舍得吃一两个，我家姊妹多，四个孩子煮两个鸡蛋，切成四瓣分，就这，母亲还要说上一句，几斤盐钱都吃没了。就凭这一点，我还是很羡慕同学的，因为他还说，我家的鸡下的蛋根本就没数，到山上的草窝里随时都能找到鸡蛋，有时候人都懒得捡。

西部山区随着煤矿资源的大力开发，在其后对县域经济的贡献也不可小觑，在很长一段时间成为宜君的支柱产业。一方水土养一方人，特别值得一提的是，棋盘、哭泉、云梦、太安、焦坪一带的核桃和玉米资源，最早成为宜君享誉周边的一张名片，提到宜君，人们最直观的印象便是这里满山满洼的核桃。山里人豪爽，核桃将熟的季节，只要你来，茶还没喝得几杯，大人已经吩咐娃娃上山打得一篮子核桃，"哗啦啦"倒全脚边，一把锃亮的、闪着油光的核桃刀，"咔嚓"一声将青绿的核桃剖为两半，露出洁白如玉、娇嫩爽滑的核桃仁，紧接着刀子一转，核桃仁完整落入手心递到你面前，不由你不垂涎欲滴。

在这里，上至六七十岁的老人，下至七八岁的女子娃、小子娃，个个都是剜核桃的高手，一个人剜，三个人吃不完。特别是到了八九月份，热情好客的西山人不光让你当场大饱口福，走的时候疙里疙瘩还会给你带上一大包，给钱还不要，直说自家山上出的，要啥钱哩！

要是有个西山的亲戚，那你喝的苞谷糁、下锅豆，一年到头就不用愁，这次给的还没喝完，下次来又带着，他们想得比你周全得多哩。

当然，宜君人也不是十全十美，没一点儿毛病，二十世纪七八十年代，宜君的经济状况较周边县域相对落后，被人戏谑为"宜君县，烂猪圈"。宜君沿国道的一些村民，尤其是偏桥一带的人，在过往国道的司机印象中非常差，一些好逸恶劳之徒在路上撒钉子扎轮胎、拦车勒索钱财，偷盗货物，让过往的人深恶痛绝，造成很不好的影响。

但好在后来高速公路修通，国道上的车辆减少了，加上国家的法律法规逐步健全，斩断了这些人发不义之财的道路，再没有了那些恶劣行径。而且塬区这些年大力发展苹果产业，年轻力壮的人一年到头都在琢磨怎样管理好果园，自家的小车农机开着，忙得跟"鬼子"（红白喜事的乐手）一样，谁还有闲工夫去弄那些闲事。

说起来，宜君的发展和宜君人民如今的幸福生活，得益于祖国的日益强大，得益于党和政府的英明政策，得益于宜君这块风水宝地和宜君人坚韧不拔、吃苦耐劳的奋斗精神。作为一个土生土长的宜君人，我很庆幸生活在这方土地上，比起沿海和某些发达地区，我们还很落后，但比起一些更艰苦的地方，我们就很不错了。

独游花溪谷

1

那天的花溪谷之行纯是个偶然,事先并没有计划,独自一人的出行也算是绝无仅有。还好轮椅才充了电,中途并没有出现意外状况。从花溪谷回来,儿子略带醋意地问我:花溪谷好玩吗?我说,当然好玩了,有山有水有花,人不多,幽静,还不热。他又问:那你给我讲讲有没有看到什么有趣的事啊?

小孩子当然不懂成年人"独坐幽篁里,弹琴复长啸"意境里的那种逃离和向往,好玩、有趣才是王道。这也是很多景区斥巨资建各种游乐设施拉人气的原因,使得原本具有的历史文化气息,变得嘈杂喧闹,不伦不类。

不过也难怪,网络时代嘛,人把精神都沉溺进虚幻世界里,好不容易拔出来,不找点刺激的,谁还愿意再出来呢?

花溪谷主打避暑休闲,当然也有热闹好玩的项目。比如玻璃水滑道、低空滑索、彩虹滑道、呐喊喷泉等。单是看宣传图片,那视觉的冲击力,连我都想挨个儿玩一遍。

但当真正走进花溪谷,你会发现要是真把时间和兴趣都放在这上面,简直是暴殄天物。这个让人身心愉悦、心情平静、头脑干净的地方,真正的热闹是那满山开放、欣欣向荣的花团锦簇,真正适合在这里热热闹闹地生发起来的,也是这些植根于大地里鲜活有生命力的花花草草。而且这"热闹"永不过时,自带节奏,常换常新,欣赏完这一拨儿让你满心期待着下一拨儿。

你徜徉其中,心是轻盈的,脚步是轻盈的,身体是轻盈的,感觉整个人都能飞起来。你如果是红花,她就是绿叶,和她合影只会让你锦上添花。如果你是绿叶,有她的装点和你开心的笑脸,也是一样的灿烂。更重要你看她、嗅她、抚摸她,她还不会管你要钱。除了小孩子的淘气和好奇心作祟,依我看,都是让作文逼的吧!

2

放下生计的困扰,给你一个放空自己的机会,你会选择什么方式?

世界很大,一个生命个体只有一张入场券,没有哪个不想去到处看看,没有哪个少年没想过"仗剑走天涯",带心爱的人"去浪漫的土耳其,然后一起,去东京和巴黎"。

旅行就是一场恋爱,从憧憬、期待、行动,到享受、回味,使人愉悦,令人陶醉。

然而对于每一次旅行,如果一定要说出一个让别人都感兴趣、让自己最难忘的、像儿子说的"有趣"的事,会是什么?是停留在车窗外线形流动的光影、建筑风格的奇特、人文历史的厚重沧桑,是风光的旖旎,还是风土人情的独特?

都不是!那一定是在人身上发生的事,不是艳遇,便是糗事!

只有"糗事"最符合我的气质。于是我说:别的一两句说不清楚,就是憋得不行,我在花溪谷那个花奶牛背后撒了一泡尿,算不算有趣？不光儿子笑得前仰后合，所有听到的人都"嘎嘎嘎"笑出了鸭叫声。

3

出门和旅行最大的困扰是什么？是吃？喝？否！是拉撒！

以前人口流动性不是很大，在城市里，除了一些偏僻的小巷子尚能找到出恭之所，大街上找个厕所比找个熟人还难。

所以在人地生疏的情况下，农村人进城是很"憋"的，"憋"也是那年头每个出远门人最大的感受。不光得憋住嘴，提醒自己少吃少喝，还得能憋住屎尿。

作为一个宜君人，对声名在外的花溪谷自然不会陌生，一年不去个几回都不好意思说自己是宜君人。

但实质是，连蝴蝶、蜜蜂都去过了，我却一次也没去过。马洛斯说："山，就在那里。"每次到宜君县城，透过车窗，我对自己说：花溪谷就在那里！含情脉脉、风情万种地等在那里。

美是无法抗拒的，在心里，我与花溪谷已经有了一场约定。就像一个自己暗恋已久的梦中情人，第一次有了回应，既煎熬，又欣喜；既期待，又畏怯。

作为梦中情人，干净整洁、纤尘不染是我最想要的。那天的花溪谷，不带美颜，不带滤镜。细雨初霁之后，阳光饱满而不炽烈。天是真正的蓝，草是真正的绿，路上的标志线像新刷上去的醒目，连土壤都像是翻新过的一样干净、清香。

没有叽叽喳喳的儿子，没有把时间和精力都交给手机小视频的老婆随行，我的花溪谷之行也就真的像是赴了一场向全世界都隐瞒了的幽会。

没有一个认识的人，也没有人认识我。没有应付的人和事，什么都不去想，可以自己给自己说话，不怕谁笑话，不怕异样的目光，不怕被俯视里的卑微，可以很"牛逼"地俯视那些花花草草，跟它们说"拜拜"，让它们望着我的背影。虽然不能像正常人一样奔跑、跳跃，但至少还可以移动，也不会打扰、伤害到它们。在它们面前，我是绝对自由的，从里到外、从毛孔到发梢上都透着的自由。当今社会，无论大人还是小孩儿，自由是个稀缺之物。压力随时代的发展呈低龄化增大，大人要不断努力挣更多的钱，小孩儿要不断努力，更早、更多地学习，不断学习。

自由就像打江山一样来之不易，但打下来了也容易让人膨胀。冲破束缚之后，获得自由的人心里都会住着一个"王"，傲视天地、指点江山的"王"。

此刻，万籁俱寂，花溪谷只属于我一个人，我就像一个王一样巡视在我的领地上。山，我的；水，我的；牡丹，我的；芍药，我的；核桃树，我的；花奶牛，我的。我一指那个正在花上扇动翅膀的蝴蝶，说一声：飞！它就乖乖地展开华丽的双翼，开始在空中舞蹈；我又指着草丛里"吱吱呀呀"的小虫子说：停！它立刻就吓得不敢吱声，我又说：换一首唱，它稍作准备之后就又开始了歌唱。

我走到哪儿，小草们挥着小旗夹道欢迎，阳光殷勤地为我打着光，山风温柔地为我扇起扇子，小溪水们还组织了一场小合唱，我饶有兴致地听了一会儿之后，想着还有许多精心准备的节目等着我去观看，就礼貌地缓缓离开。走出了好远，他们仍在卖力地唱着。

在风车房那里，聚集了一些人，有游客，有花工，两个年轻人捣鼓着无人机，那无人机发出很大的"嗡嗡"声，像一只超级蜜蜂上下翻飞，捕捉着每一个精彩的画面，吸引着大家的眼球，两个年轻人一边看着屏幕，一边在说着什么，年轻的身影本身就是一道美丽的风景。是工作？是休闲？无论如何，我这里都欢迎你们。

小孩子们奔跑着，欢呼着，追逐着。笑闹声和晃来晃去的身影倒不显得嘈杂，反而更显出花溪谷的"旷"和"静"。这里的现在和未来都是他们的，这里长出的任何东西都纯得让人鼻子发酸。

　　心静自然凉，大中午的晒着人太阳，也没能扛住花溪谷的凉意。也没敢喝多少水啊！忽然就觉得有些憋劲儿。

　　走到半坡那个花奶牛塑像跟前的时候，我看着花奶牛犹豫了好久，最后成功栽赃给了它。

<h2 style="text-align:center">4</h2>

　　人类发明了水泥、瓷砖，恨不得把地球都用这些包起来，把自己与土地隔离起来，把远离土地作为迈进文明的标志，形容一个人不时尚也说"土"，低收入人群也都是和泥土打交道的"土包子"，好像离土地越远越好。

　　城市是漂亮的、美好的、高度文明的，城市把垃圾都交给了水泥做的下水道，所以城市也是很臭的，文明的水泥拒绝消化这些腌臜之物，但这所有的腌臜之物都去了哪里？还不是流向了土地。就像一个自负的游子，把光鲜亮丽都给了别人，灰暗了，在外面蹦跶不动了，还是回到了母亲的怀抱，只有母亲能包容他的自负，为他拂去漂泊的尘土。

　　土地是我们共同的母亲，我们都是她的儿女，她懂生死，知冷暖，活着的时候，我们赖之以生存，她毫不吝惜地赐予我们，死后又重回她的怀抱。无论你是恶的，还是善的，她都不会嫌弃。

多彩花溪谷 (摄影：王亚玲)

哭泉梯田，翻滚在山坡上的白浪

宜君，继山岔稻田之后，又一个神奇的地方，再一次刷新着人们对西北黄土旱塬的认知。

这就是享誉三秦的"哭泉旱作梯田"景观。

山岔为川，群山环抱，有水潺潺，虽为北地，却有稻田。稻香清远，蛙声一片。

哭泉居山，亦有水，是为泉。此泉深远，姜女泪攒。

幼时听闻哭泉之名，颇感神奇。以孟姜之刚烈，平时可能不大哭，但失去夫君，悲愤交加，声泪俱下，哭得撕心裂肺、惊天动地，哭得理所当然，哭得有爆发力，哭倒长城，哭出泪泉。

本人性别男，偏偏生了个黛玉的神经，泪腺出奇地发达，常常因憋屈、伤痛、触动，动辄热泪盈眶、涕泗横流。暗自庆幸没有生在暴秦，不然十个长城也不够我哭的。

哭泉是宜君的西南大门，是宜君迎接现代气息的入口。从关中北上至铜川，出金锁，一路盘山，山盘尽，豁然开朗处，即是哭泉。春冬以雪落处为界，白雪枯草，水墨丹青。夏秋以凉风、雨雾为判，云遮雾罩、清神爽肤。一准没错，这就进了宜君，进了哭泉。

哭泉也是宜君迎接宾朋的一个窗口。窗口一般提倡微笑服务，让哭泉微笑，对不起孟姜女，听着也有些别扭。

哭泉是传奇的，这传奇来自对不公的抗争，来自对自由幸福的渴望，是悲愤的，哀怨的。但时过境迁，长城在历史的长河中，已被风雨一点点消蚀殆尽，孟姜女的悲声已成过往，哭泉也不只是沉浸在一种情绪中，它的传奇在今天频传佳话。

哭泉旱作梯田，便是哭泉人民用勤劳和智慧缔造出的又一个传奇。

说到梯田，你的思绪可能首先飘到了江南水乡，飘过似一块块明镜般层叠堆砌起来的绿水黑坝间，飘过挽着裤脚、扛着犁耙，赶着水牛、唱着歌子的老俵头顶，飘过某某的诗句。

有人把梯田比作大地上的雕刻，是一道道数不清的长城，但长城是统治者强权下的产物，带着怨气和哭声。而梯田则是自愿构筑起的美丽田园，是给予人幸福康乐的福报。

如果说江南梯田是婀娜的女子，那么哭泉梯田则是粗犷豪放的汉子。它也是美的，这美来自现代化的理念，是科学的发展的美。

水是农业的命脉，哭泉的水很少，不能滋养它的每一方土地，但可以滋养勤劳的双手和智慧的头脑。地膜玉米是旱地耕作的一场革命，铺设在地上薄如蝉翼的地膜，就是一个个小小的温棚，锁住土壤中的水分和阳光照射的热量，抵挡住了宜君早春料峭的寒冷，给种子创造了绝佳的生长环境，赋予了旱作梯田勃勃生机，也赋予哭泉梯田诗意的美。

江南梯田如镜的水面，可以折射日月光华，哭泉梯田同样可以与日月同辉。春来哭泉，你可将其当作摄影、写生绝佳之地，梯田是律动的美，是劳动者在土地上的最美涂鸦和 DIY。那无数双巧手渐次铺展开的地膜，由最初单一的白色，扩展为现在的五颜六色。远远望去，流光溢彩，五彩斑斓，似万千条仙女抛下的绫绢，像翻腾在山巅的浪花，像巨手按下的指纹，像戴在少女头上半遮娇颜的纱帽，更像一条条锦龙盘踞山间。

拍不到手软你骂我，画到不想挪窝废寝忘食我服你！

除了摄影师和画家不虚此行，有人说那优美的线条更像五线谱，这样说来，音乐家来了，弄一架钢琴，说不定还真能找到灵感谱出一段美妙旋律来呢！

夏来哭泉，避暑休闲正当时，是欣欣向荣的美。如果不怕山风吹掉遮阳帽，裙底漏春光，你就站到观景台把你在城市里积攒的暑气、闷气、脾气一股脑儿吹到九霄云外。这时的梯田，玉龙变身绿蟒，一株株玉米在地膜锁住的水分和温度下，叶阔秆壮，生机盎然，无干旱之忧，燥热之扰，层绿叠翠，丰腴而壮美。

饱了眼福之后，顺便带回几个嫩玉米棒子回家，或烧烤或蒸煮再饱一下口福，也是不错的选择。

秋来哭泉，看丰收之美，劳动之美。你会发现平时小洁癖的你，宁可让皮鞋沾满泥，也不舍得让金黄的玉米沾上一丁点儿泥巴，看待它一准儿像初生的小萌娃，让你的爱心空前勃发。戴上草帽和玉米合拍的朋友圈，比赠礼品的商家有更神速的集赞！

冬来哭泉，梯田是沉静之美。白的雪，黑的树木地畔，线条和面的视觉盛宴，美得令人不敢喘气，美得让人抓狂。吟诗吧！作赋吧！感叹声尽量不要太大，不敢惊动枝头的小鸟、觅食的松鼠野兔。眼前到处都是价值连城的水墨画，搜尽所有大师，你会发现大自然才是最气人的名家。

江南梯田，因种植对于人力的消耗相比平原要高出很多，而产量没有任何优势，而且对于丘陵地带的植被破坏很严重，所以这一耕作方式逐渐被淘汰，现时只为旅游景点。

而哭泉旱作梯田，易耕作，机械化程度高，对防止水土流失有极大的贡献。兼具粮食生产的实用和生态旅游的乐趣，所以要看梯田，客官，你还用去什么江南哟！

当时,我想振臂一呼

做梦也没想到,此刻的我就站在位于宜君龙山古色古香的揽胜楼上。眼前白色的仿汉白玉栏杆、光洁平整的水泥地,头顶湛蓝的天空,以及蓝天白云映衬下异彩纷呈的斗拱雕梁,真实得像这初夏的阳光蒸腾起的热浪一样浓烈。

这是五一节的下午时分,龙山顶上游人稀少。这个节点上,想必大多人都已经逛饿去了山下的城里寻找美食了。少了嘈杂之声和睥睨的眼光,让颇费了些周折才登楼的我们,有了一种独享胜景的尊贵和松弛。

入夏了,季节收敛住了野性,一场颇具仪式感的雨水,让这场交替平和地展现。老谋深算的乔木们试探般才吐出点嫩叶,灌木们就已经用果实顶开了头上的残花,在春寒料峭里抗争过的它们,最有资格在初夏里接受诗人的赞美和阳光的馈赠。

一切都刚刚好,仙仙的云朵小心翼翼地绕过光束,让温柔的阳光洒满了楼顶的每片砖瓦。没有风,飞檐翘角下的风铃静默如打坐的佛,油然而生一派庄严肃穆之象。

极目四野,群山连绵起伏,宜君城龟缩成静卧于绿叶上的一只蚕。看得见高楼街道,车流人影,银色的铁塔,蓝色的顶棚,红色的旗帜,绿色的行道树,但少了喧嚣嘈杂,少了倨傲的城市气,此刻,在我的俯瞰下,已与乡村无异。与平日进城之后被繁华和距离感淹没、包围甚至踩踏的感觉比起来,此时无比释放。小我变大我,也算有和古人"山高人为峰""会当凌绝顶,一览众山小"一样的同理心吧!

楼是要"登"的,王之涣登上鹳雀楼,告诉人们:"欲穷千里目,更上一层楼。"登高望远是所有人都喜欢做的事,我当然也不例外。但苦于身体上的不便,四十岁之后,"登"这个词于我,成了梦,"仰止"成了现实。记得二〇一五年同学聚会的时候,大家去母校怀旧。呼啦啦簇拥至老旧的、即将拆除的教学楼下,激动的心情是可以理解的,但不能理解的是,刚才还备受关切的我,瞬间就被众人对楼的潮水般的激情淹没,无情遗忘在楼下,只能眼巴巴地看着众人站在楼上欢呼雀跃。

遗憾是肯定的。回母校的机会肯定不会再有,即使有,改造老旧建筑的计划也不会留给我机会。和同学的心情一样,我也渴望着能再次登上当年无数次上上下下过的教学楼,追寻自己年少时的影子,我也相信,我的登楼比任何一个人都更加深有感触。但同时我也深知,遗憾归遗憾,倘使任何一个人,以任何方式促使我上了楼,我都是不快乐的,追寻的意义和心境会因别扭的方式而大打折扣。

揽胜楼建成有些年头了,但像崔健搂着吉他吼的那样:"听说过,没见过,两万五千里。"我与揽胜楼之间不过百里之遥,但却似隔了两万五千里,听说过,没看过,从来没去过,虽然它曾经还煞有介事地出现在我的文字里。

向往像蚯蚓一样在心头蠕动。向往的源头是好奇心,一定意义上,好奇心成就了世间许多美好。

因此当武哥和建军把上揽胜楼的提议说出来的时候,我既暗自喜悦又十分纠结。这意味着他们两个人中间,有一个人是要走

"背"字的，百斤担在他们肩上，千钧担在我心里。我极不愿意因为我的加入，而让宜君作协这个群体，人人都走了个"背"字。尽管我知道他们都是慷慨地"背"，心甘情愿地"背"。

如果说让陈斌涛主任第一次走背字，还因此摔了个仰八叉之后，我就应该尽量减少这样的麻烦，每次在别人的肩头上我都对自己心说：下次坚决不了。但就像立过的戒烟誓言一样，常立常破，常破常立，没一次是长久的。小元背了，建军背了，南英背了，建怀更是一次又一次背了。背的次数多了，轻车熟路，歉疚感越来越弱，对于别人的慷慨，接受得也就越来越坦然。

拒绝是不近人情的，也是很矫情的，文字早已出卖了我心里那点小九九。建军毕竟年轻，也是他自己揽的瓷器活儿，不会让年长点、刚刚放下孙子想释放一下的武哥，再扛起我这一百来斤。

不管怎么说，心愿算是了了，这个捡漏似的惊喜，就像在山上割草时收了一窝野鸡蛋，去瓜园吃瓜半路上却偷摘了一兜桃子一样，惊喜、意外之情无以言表。

之所以说是惊喜，是因为此次的重点是去哭泉看梯田的，登楼并不在其列。哭泉是宜君的南大门，孟姜烈女的故事家喻户晓，作为农耕文明的延续和创新之地，梯田在宜君所有的旅游胜地里，算是个独特的所在，它集观赏性、实用性、创造性于一体。加上烈女泪泉故事的加持，对喜欢美术、音乐、文字的资深文艺闷骚男是极具吸引力的。

出行不易，有些愿望是要打包实现的。写写画画这几年来，总有一些地方，一些人，一种情愫，一份情感，在网络上、文字里，咀嚼着，揣摩着，熟络着，牵绊着，找寻着，捡拾着，感慨着，调侃着。网络很大，但总觉得这方寸之间并不能承受相识相知之重。有些地方，不身临其境不能感知；有些事，不亲历不能体味；有些人，不面对面，不经历哪怕 0.01 秒的对视，细微到一个端水杯的动作，不能轻言懂得。

每个蛹，即使被封冻在冰川，都不会影响羽化成蝶的梦；每种植物，即使被车轮碾压得歪歪扭扭，也都有开花结果的憧憬，没有一颗金了甘愿在泥土中压抑自己的光芒，即使是块没有完全转化的石灿，燃烧，也是对自己的一个交代。表达自我，释放自我，是每个生命个体的初心，也是一切事物的本源。

登上揽胜楼的那一刻，我首先想的，也是振臂一呼。替不容易，替照进现实里的那道光，替这个欣欣向荣的时代，替每一个为这座小城倾注过心血的劳动者……

但看一眼气喘吁吁的建军和小心翼翼像护着一个易碎品的武哥，还有在廊檐上歇脚的那只小鸟，终究是没好意思。

柳笛声声

春雷一响，杨柳树像得了号令，开始铆足了劲儿从土里吸水，枝梢上那些树芽儿眼见着一天比一天饱胀，撑得包在外面的鳞甲都能听得到"嚓嚓"的绽裂声。

那绿就一天天浓郁起来。春天的风总是想刮就刮，今天是北风，明天是南风，逛街的女人们总是忙不迭要腾出一只手来，去撩遮在眼前的头发，而干活的农妇却没有这样的困扰，大沿儿帽子带的纱巾遮得连亲娘都认不出来。

吸足了水分但还不及绽出叶子来的杨柳条，因为木质层和皮层之间充盈了水分，活该是扭"咪儿"的绝好材料。"咪儿"是宜君人对能吹出一种直声的管状乐器的统称，唢呐尾部的那个薄片是"咪儿"，小孩子拉长声一直嚎的样子，也被叫作"吹咪儿"。

砍一根直溜的枝子下来，选取皮质光滑、粗细均匀的一段，掐头和剪掉基部过粗部分，一只手捏住，另一只手从顶端开始横向扭动，一截紧挨一截感受着皮肉分离之后的滑润，待扭至十厘米左右长度的时候，抽掉芯子的木质部分，用拇指和食指将略细的一头捏扁，然后拇指直立，用拇指盖用力一划，划掉约半厘米一截上两边的表皮，一个"咪儿"就做成了。但要将它吹出响儿来，还要将划掉表皮的这头儿，噙在嘴里用牙齿抒得尽量扁平，让唾沫液润一润，降低它的韧性，顺便试吹一下，不出意外的话，它是很快就会发出声响来的，只要发出声来，人的心情都是很愉悦的。第一声无疑是爆炸性的愉悦，从不相信自己的耳朵起，到确信自己没有听错，嘴巴里那截被划掉表皮的地方，像鸟儿不停扇动的翅膀一样，震得嘴唇麻酥酥的，还带着一股新鲜的苦味儿，但偏偏就是这又麻又苦的味儿，却使人陶醉。快乐来之前，都是带着苦的吗？

"咪儿"声音的高低和它的粗细成正比，粗的浑厚、粗犷，像轮船的汽笛；细的清脆、响亮，像军号。粗的"咪儿"难扭，没力气的人扭得指头蛋儿生疼也不一定能扭得动，做成的"咪儿"也要大力地吹，吹出的声响也如老牛叫声一般沉闷，一般是大男孩子们喜欢做的事，最能体现他们的调皮和野蛮。女孩子和稍小一点的男孩子就挑细的枝条来扭，但也不是都能扭得顺利，半响扭不出一截来，倒扭得白嫩的皮肉要和指甲盖撕裂一样的疼痛，哇哇叫着像开水烫了一样地抡着手掌跳着脚直喊着疼。也有用手心攥着扭的，往往扭得枝条皮开肉绽，绽了缝儿的因为要漏气，是吹不出响儿来的，便会作废，一掷了之。但看着别人"呜哇呜哇"吹着心有不甘，便求着大孩子们或者大人来扭，大人多是忙的，春日乏人，农活冗杂，人难免火气大，小孩们没眼色地去求，"咪儿"央不来，倒十拿九稳地有一顿臭骂："颇烦得很，弄这闲把戏。"

那些胡子花白、满身旱烟味儿的爷爷辈儿的老人们，都是乐意弄这个的，扭好了，去掐，厚硬的指甲总是划不掉皮，放在嘴里用牙齿去捋，牙也不全乎，小孩子看得急切，迫不及待过去自己弄，不是划得不齐就是划得太狠，"咪儿"头有了残损，也是不能发出完整的声响来的，劲儿使大了不震动，劲儿使小了勉强发出一点声响，也像患了喉炎一样的难入耳。

求男孩子的不多,男女授受不亲,是要惹出闲话来的,连亲兄妹有时候也都碍着这个。"女汉子"哪里都不缺,逼也能逼出几个,一堆一伙地围着拣细枝子扭,扭好了一个就被叽叽喳喳抢着去,一吹,"嘟"的一声,清脆得像鸟叫,乐得鼻涕泡儿冒得老大。得意地看看那些大男孩子,"吱~""嘟~""嘀~"地响成一片,那边也跑过来,"呜""呜""嘟嘟"地对着这伙的耳朵吹,像是在一条堵了车的公路上各种的鸣笛声。

同村的银仓是扭"咪儿"的高手。他干瘦,还略微有点驼背,拇指的第一个关节特别大,特别有劲儿,天生就是扭这个的料,不管多粗的枝条到了他手里,都服帖得像只温顺的绵羊,乖乖地献出皮囊。他比我大,我比他高一辈儿,虽然都是同姓冯,但他凡事并不向着我这个小本家。他兄弟姊妹多,日子过得比较艰难,小的时候被送给一户姓马的人家,拿他的话说马和冯只差了两个点,马尿两点便是冯。后来马家又把他送了回来,按说一般人经了这事心里有苦,难免也就有了阴影,自卑、胆小、心理阴暗,但他不,却似乎以这个经历就多了一层阅历,比别人多了谈资,说话干啥都要比同龄人老成。他很小就会赶着牛给家里犁地,放牛割草,动作非常麻利。无论是爬树上崄崂,没有他上不去的,因为皮肤粗糙,他的手脚似乎永远都结着一层痂,让他在扒着树皮土崖的时候好像丝毫感觉不到疼,也让他从来没有在小伙伴面前把牛皮吹破过。他三年级时候和我同桌,学习不咋好,但谁的作业都没有他交得早,随便抢一本别人的作业照着抄,抄完押在他的桌斗里。他最爱做的作业是写大字,毛笔上的毛被他用刀子修得快成了秃子,棉花套子做的墨盒子放在我头顶的土窗台子上,常常是连鞋也不脱就踩着桌子去拿,鞋印子用袖子一抹,我常常惊异于他的袖管的耐磨性,课桌上但凡有土,他都是拿两只袖管很麻利地擦得干干净净,只是高兴时连我面前一起抹，不高兴时便只抹他面前的。因为好动，闲不住，上自习时候，他的右脚总是光着踩在我和他之间的条凳上，随时都有腾空而起的势头。他有个习惯动作，干啥前都要像羊打喷嚏一般"噗噗"先往手心里吐口唾沫，然后搓搓，再开始上手。因为聪明，有力气，自信乐观，手脚麻利，而且还有个在煤矿上班的大哥，总能让他拿出诸如火镜（放大镜）、炮线、珠盘（轴承）之类的新奇玩意儿增加吸引力，让他不论是在学校，还是在草地洼里，都是个无冕之王。

  好多年没扭过"咪儿"了，现在的孩子都玩手机，也不稀得去弄那些老土玩意儿。世事每天都在变，老眼光、老思想、老玩意儿以光速被这个世界不断地淘汰掉。银仓这个只念到三年级的人，发朋友圈竟然很少有错别字，语句组织得比有些初高中程度的人都要通顺。他比我大几岁，面色红润，头发仍旧乌黑发亮，相比之下倒显得比我年轻了许多。那个像扳手一样扭"咪儿"的大拇指脸儿，现在多数时候都捻了麻将牌，用的劲不知道能扭多少个"咪儿"了。但他不去扭那个了，扭了也不知道送给哪个小孩子去耍，他小时候的苦现在都被两个女儿的甜像他抹桌子那样抹得干干净净。他的两个女儿都很争气，都上的好大学。现在的他光景好，心情好，那是比吹"咪儿"要甜百倍的。

桑 园

桑园无桑。

桑园是离村里最近的一个地块的名称，我对它的熟知，源于和这片地块紧连着的一面草坡。那面草坡我坐过、睡过，晴天绊倒过，雨天滑倒过。我在那里哭过、笑过、叫喊过。那里的一沟一峁、一草一木，有几道梁，拐几道弯，哪儿下过雨会积起水潭，哪儿有好看的假荷花开得美艳，时常在岁月的回眸里，和我的少年时代一起闪着亮光。

在桑园摸爬滚打十余年，没见过一片桑叶，连村里最老的老人都没见到过，但它就被叫作了桑园，它长过麦子、豆子、油菜，还栽有苹果树、杏树，但就不叫麦园、苹园、杏园。就像桃村根本就没几棵桃树，却被外人想象着满坡桃花一样，桑园就这么蛮横地叫了桑园。也许几百年前有过吧，谁知道呢？

我家的承包地并不在那里，之所以对桑园熟悉到像每天都要回家的路，是因为要放牛。二十岁以前，到过的最远的、次数最多的地方就是那些和桑园一样，混合着牛屎味儿和青草味儿的沟梁峁硷。

渭北高原上缺少可生长庄稼的地，但从不缺适合放牧的草地，只要是人畜能到的地方，都是放牛娃的战场。

我那时候瞌睡大，每天早上都要在母亲三番五次的催促声中极不情愿地起床去赶牛。牛没有瞌睡，这些吃货嚼了一晚上胃里的东西反而像个饿死鬼，从晨曦微露开始，就不安分起来，用犄角把圈门顶得咣咣作响，像个闹钟一样搅得人不得安宁。

往往已是日头照了屁股、其他放牛的在地里已经连玉米棒了都烤熟的时候了，我和我的牛才迈着沉重的步伐步出圈门。为了节省时间，最近的桑园便是我和我的牛常光顾的地方。

那时候牛多，几乎所有的草坡都被牛羊溜得精光，腿勤的人都把牛赶往了更远的地方去放，只有遇到农忙或者雨天不适合长途跋涉的时候才会选择在桑园将就一下，除此之外，平时的桑园往往只有一个我、两头牛。

一个人放牛并没有什么不好，只要守住路口牛跑不了，就可以放心大胆地再补上一觉，或者找一处阴凉，衔一根草，跷起二郎腿眯缝起眼睛，看看天上的云一会儿变成一匹扬鬃奋蹄的马，一会儿又变成一只蓬毛圆肚的兔子，一会儿被撕扯得啥也不是，一会儿又有了个可以发挥所有想象的图案，在看不到的作用下一点点变幻。

看腻了天看地，看对面分不清是男是女的干活人。猜想他们早上有没有吃饭，手里拿的是锄头还是镢锹。有时候想，还说没地种，这么大的沟壑填平了得有多大啊！但是咋样填平呢？一镢头一镢头挖？怕是要挖到了猴年马月去。我会想到电影里的大炮，大炮威力大呀！弄上几十门对着对面的土崖冷怂地轰，一年不行两年，三年不行五年，轰不平才怪。

还想过推土机，但我不看好推土机，还是看好大炮。

这样想着，一阵窸窸窣窣的响动，伴随一串悦耳的笑声在身后传来。循着笑声望去，一大片郁郁葱葱的桑树林赫然出现在眼前，那桑树错落有致，个个生得枝繁叶茂，碧绿的桑叶大如手掌，油亮得像要淌出水来，在阳光强烈的照射下，闪耀着银亮的光芒。树丛间，两个俊美的姑娘头顶一方白底蓝花的丝巾，腰上系着同样白底蓝花的围裙，在树下边采着桑叶，边谈笑风生。看到我时，微微一笑，红润的脸颊上现出两个迷人的酒窝。她们并没有露出惊讶的神色，反倒像熟人一样问我："你在这里放牛，有没有看见两只兔子跑过去啊？"我脸一红，因为从没有这么俊美的姑娘用那么好看的眼睛那么顺眼地看着我。

（作者：冯新刚）

我语无伦次了,因为我确实没看到什么兔子,但又不想这么快就结束这幸福的谈话,因为说了没有,她一定非常地失望,那笑容很快就会消失,那两个好看的酒窝也会消失,那笑容和酒窝多好看啊!班里最好看的女生也没有,即使有也不会在我面前这么随意地显露,也不会像这么柔声细语地问我话,而且没有了谈话就得离开了,我是多么不想离开啊!

"天上刚才有只兔子!"

我不知道这几个字是怎么从嘴里蹦出来的,但它们就字字逼真、如晴天响雷般从我嘴里蹦了出来,我像听别人趴在我耳边说话一样真真切切地听到了我说出的每一个字。话一出口,连我都吓了一跳,我从来不会说谎话。

两个姑娘先是一愣,相互对视了一秒钟,继而用手背挡了嘴"哧哧"笑了起来,我刚想说什么,她们笑得越发起劲了,笑得胸前篓子里的桑叶像瀑布一样抖落一地。

我从没见过这么开心的笑,我也跟着笑了起来。

"天上?哈哈哈哈,我的兔子在天上,它是玉兔吗?哈哈哈哈……"

又是一波像浪涛一样的笑声翻涌过来。我的脸更红了。她似乎看出了我窘迫的出处和来由,用笑得上气不接下气的声音继续问我:"天上只有一只吧?那另一只呢?哈哈哈哈……"

"在……"我的手指又不自觉地指向了胸口,那里分明是有个东西在乱撞。"哈哈哈哈哈……你,你该不会是说它在你肚子里了吧?哈哈哈哈哈哈……"

又一阵"窸窸窣窣"的声音传来,我一激灵,我的两头牛在离我一步开外的地方缓缓走过,我猛地起身,牛一愣,像做了错事一样瞪大了灯泡似的双眼,谜一样地看着谜一样的我,大嘴微翕,形同两尊雕塑,一撮刚扯下来的草,从嘴角滑落也浑然不觉。原来是做了个梦。

在这里放牛有两个一个好处,一是渴了可以回家喝口水。那时候出门在外连装水的瓶子都没有,更谈不上有瓶装水喝,再渴都得忍着。放牛别的都好,就是这点不好,离村远的时候,渴极了,甚至喝过路边泥潭里的雨水。

另一个好处是遇上雷雨天气可以及时回家,即使牛赶不回来,也有地方避雨。牛的脾气很古怪,除非饿得狠了或者干活干累了不会乱跑,几天不使唤它,它就皮痒了,只要一解开缰绳,比骡马还欢。夏天里蚊虫肆虐,特别是那些牛虻,两个手指一捏就碎成渣渣的玩意儿,一张利嘴却不知道是什么特殊材料做的,把个棍子也打不疼的牛皮扎得血流如注。有缰绳拴着的时候牛只能默默忍受,一旦放脱,越是粗糙的土崖,有断根交错的崖畔,越是它的最爱,一顿猛蹭似乎解了千年之痒。没放过牛的人无法想象,蹭痒痒的牛蹭得爽了,和一个小钩机无二,所过之处,草叶凌乱、落土成堆,倘是泥坯房子,定是房倒屋塌。

天气过热的时候牛最不本分,像家里有吃奶娃似的老想着法子往回跑,上崖越硷比狗还欢,但越是下雨,特别是带着冰雹的大雷雨,任你鞭抽绳拉,始终岿然不动。

不知不觉间,那些揉着惺忪睡眼,双腿僵硬纠结着是该合群随大流,还是继续特立独行的放牛日子,已是昨日黄花,他年瓦霜。去往桑园草坡的那条脐带一样的路,已在疯草的覆盖下难觅其踪。

以小儿子的年龄,在我那时候已是老资格的放牛娃了,但他连牛毛也没摸过一次。他已经无须在暑假的晨光里被一声声催着去放牛,可以理直气壮地睡到自然醒,也就根本无须知道桑园的所在。他们这代人可能连桑树长什么样子都不清楚,也没有兴趣去搞清楚，他们怎么可能有兴趣呢？出生乡村只是他们人生中一个短暂的经历，很快就会被上学、就业所替代，不会留一丝一毫痕迹，城市，更大的城市，才是他们意识里最理想的去处。

这不能怪他们，每个时代有每个时代的幸与不幸，我所经历过的，不能说是种不幸，他们不需要经历，也不能说是种幸运。我们拼命地用自己的不幸，难道不是为了换取他们更加地远离不幸吗？

他们知道或者不知道，桑园都还是桑园，有没有过桑树都是，在我，在我们这一代人心里，桑园永远都有桑。沧桑，也是桑，都曾经蓬勃地生长过。

紫色地丁花

四月有很多花要开,养在温室里的,长在风里雨里的,各有各的颜色姿态,也各有各的作用和使命。

植物是这个星球最大的良心。它几乎没有攻击性,相反,它以极大的包容性养育着这个星球上的所有。它吸收二氧化碳,释放氧气,净化土壤和空气。它也是最完全的奉献者,高大的树木几十年长成,一朝伐倒被人各种利用:做成家具,盖成房子,叶子做饲草,枝子做燃料,连刨出来的树根,都可以雕成很美的艺术品。而那些一年即一生的小草,被诗人赞美,被环卫工嫌弃,被动物啃食,被园丁刈割,被游客蹂躏践踏,但只要根不被刨掉,就常绿常新,保持着作为植物的本分。

任何生命都和植物有着直接或间接的关系。有植物的地方,生命便是多姿多彩、富有生气的。人们常用生如草芥来形容生之艰难,植物的顽强不可想象,雨水丰沛的地方可以生长高大茂密的丛林,雨水稀少的地方就生灌木矮草。植物可以在土壤肥沃的高原绿得茂盛,也可以在陡峭的悬崖石壁乱石夹缝里苟且偷生。种子落在哪里,就视哪里为家,不庆幸也不哀怨,不颓丧也不张狂,别看水泥那么坚硬,只要露出一点点破绽,就可以无声无息地将它攻破。

可以想象没有动物的世界是多么的寂寞，但不敢想象没有了植物，地球会灰暗到什么程度。有人形容植被是地球的肺，赖以呼吸的重要"器官"。植物、植被也是地球的皮肤，保护它不被阳光暴晒，不被风雨侵蚀、流沙吞噬，炎夏里遮阴，寒冬里裹被。除了海洋，没有植被覆盖的戈壁和沙漠，都是可怕的疮疤。

植物也是最懂得美的。它用最柔和的中性色彩——绿色，作为自己的主色调。远眺青山、绿地、广袤的林海，都是绿色，单一却并不单调，这就是自然神奇的地方。开花只是适时地打扮，且不声不响。远看没有不同，近观姿态万千，喧闹但不喧哗，静静悦己，默默悦人。有烟花的绚烂，没有烟花的喧嚣，持久的美从来都不是惊世骇俗的。

生在农村，与草木为邻、为友、为知音，朝夕相伴，耳鬓厮磨，啥季节出啥鲜物比自己的生日都要记得准。正月荠菜二月韭黄，三月茵陈四月榆桑。五月油菜麦穗黄，六月七月瓜果香。八月木瓜大似拳，九月苹梨脆又甜。十月柿树挂红灯，萝卜土豆窖里封。十冬腊月掀菜坛，红白黄绿滴溜酸。

人们把青春比作花季，开花便是植物们的高光时刻。花朵是生命的图腾，赏花是膜拜生命、向生安宁活致敬的一种礼仪，喜欢花草也是种信仰，是对美的信仰，爱花者不需要别的东西救赎，自己就是自己的信徒。

然而我并不是有多爱花之人，养在温室、摆在案几上的花草，我不能准确地叫出几个名字，在我看来那是件很麻烦的事。处境使我非常现实和功利，我甚至觉得浪漫都是很麻烦的事。在我的实用主义花草观里，桃红杏白、黄的南瓜花、粉的苹果花、黄的柴胡花、白色远志花、紫色地丁花，一些因为能吃，一些因为可以换钱，它们开的花可能并不美，但值得被记住。贫穷年代里，食物和钱，是对清苦岁月最好的抚慰。

能入药的植物是上天藏在人间的一个秘密，这秘密被中国人发现，因此只叫中药，改不了了。中药不仅医病，还医穷，采药是中国人的一个传统致富项目，一直延续到现在。

放牛挖药材是捎带事，小孩子的能力范围也仅限于放牛、挖药、捡麦穗这些小创收。且换了钱大人可以给个一毛两毛的零花钱，按劳分配的社会主义分配制度因此在兄弟姐妹多的家庭里形成竞争机制，引得他们乐意且积极着去干。

每年里茵陈挖得最多，但前后半个月时间就变老挖不成了。柴胡全年都可以挖，也值钱，但很难挖，要去很陡峭的地方才找得到。远志随处可见，却很麻烦，要将挖回来的根趁湿抽掉芯子。唯独地丁草好弄，挖回来晒干就行，而且这地丁草生长的地方也不野，房前屋后、场边地畔，随处可见。也好辨认，像绸子一样带着光泽的紫色，老远就能看见，对我这种笨人来说，是最好的选择。身强体健的人不愿意和我为伴，他们说："那么好挖的地丁草我们都不要，都归你了。"其实我最清楚，他们是看不上它两毛钱一斤的价格罢了。开紫色花的地丁草从此成了我的专属品，有人甚至直接喊我地丁、地丁，喊某些人黄芩、柴胡和蝎子。我这些可爱的一脸菜色的小伙伴们，念书不怎么样，给人起绰号总是一套一套的。

这世上竟有一种东西是属于我一个人的了，这是多么令人自豪的事。常常，我躺在山坡上，手拿一棵地丁草，看着、闻着、咀嚼着，也好奇着：它身上究竟有什么神奇的东西，让它能制造出这么浓稠厚重的色彩来！

那年淘气，将小伙伴的玩具枪拆成零件装不回去，被人家找上门索赔。一分钱来得都不易。在那个没有月亮的夜里，我被从村外的草窝里拽回家狠揍。皮绳抽在身上，我没有感觉到有多疼，倒是母亲抹眼泪的动作，像刀子一样在我心窝上狠戳。母亲身体不好，做不了重的体力活儿,能做的只有教育我们勤奋、节俭、不闯祸。

我以挖回很多的药材来赎罪,一个上午挖一粪笼地丁草回来。装粪土的笼装起地丁草来,那花吃了蜜似的鲜艳,看得人也不由得心花怒放。天天挖,晌晌挖,可毕竟是野生的,哪能让我这么斩草除根式地不停挖。终于有一天,我用了时间最长的一大晌时间才挖得半笼地丁草,就再也很难找到了。离目标还远得很啊!提回去母亲看见了会失望的,这怎么行?

我跑到了更远的地方去找,不幸的是下到一个沟岔里却上不来了,几次努力向上冲,不但划伤了腿,还把本就不多的地丁草洒掉不少。

挣扎了好半天,人终于是上来了,但还是没把笼装满。活人不能让尿憋死,我脱下背心塞进笼底,笼顿时变得满满当当,第一次弄虚作假,且是哄骗最亲的人,心里像揣了几十只兔子一样满是不安。

我蹑手蹑脚进到院子里,母亲正蹲在地上翻晒前几天的药材,她身上那件印有紫色小花的衫子已经很旧了,和鲜艳的地丁花没法比较。在这个家里,她是操心最多但花钱最少的人,是打骂我最多的人,却是受委屈最大的人,是我最"怕"的人,也是我最爱的人。她瘦弱的身躯如一棵行走着的飘飘摇摇的茅草,但她胸膛里却能迸发振聋发聩的力量。

我迅速将地丁草倒进晒得半干的药堆子里,又迅即用手将它和旧的搅匀。

做完这些造假动作,我稍稍松了口气。正当为自己这一招瞒天过海得意着的时候,一扭头,发现母亲就站在身后。四目相对,母亲"扑哧"一下笑出声来。

我羞红了脸,头低得快要钻进裤裆里。母亲抓起笼里的背心在我晒得黑红的脸上抹了一把汗。又看了看我身上,身上的伤当然瞒不过她的眼睛。她拉着我进屋，擦脸、清洗伤口，又帮我在伤口上涂了紫药水。做这些的时候母亲一直低着头。

"疼不疼？"母亲问我。

"给人赔的钱够了，你以后别往远处跑了，小心叫狼叼着去，听见没有？"

"听见了。"我小声应着。

我抬头看了母亲一眼，那一瞬，我看见母亲的眼睛里，有一团晶莹的东西快速闪过。

紫叶李的春天

1

在每一场变革到来之前，都有一些混沌和不确定来为它打前哨。生活节奏快了，季节也被人为催熟。这一点在春天来的时候表现尤其明显。

无论天怎么冷，即使踩着"咯吱咯吱"的雪，一到过年跟前，人人心里似乎都憋着一股劲，想把寒冬逼走。那红对联、红窗花、红鞭炮，红的礼盒包装、鼓囊囊的红包，像是燃起的火焰，撩拨着把人往春天里带。

老人说：人是旱虫。抛却物质需求，人每天睁开眼，都希望看到一个光亮晴朗的世界，同样，人也是暖虫，寒冷让人畏首畏尾，活力无处安放。自由是个体生命最崇高的理想，阳光明媚的日子里，啥都是舒展的，连空气都是柔和舒缓的。

可季节变换如新生命诞生，不经历如孕育分娩般的漫长等待，改朝换代般不经历一番厮杀鏖战，哪能说来就来哟！九不数尽，也还是寒天。

春天，就是南风和北风的"南征北战"，争上位。两股势力你争我夺，看谁的势力强，谁能站稳脚跟。冬虽然明摆着是强弩之末，江山大厦将倾，但搏一把的勇气还是有的，时不时还玩一把欲擒故纵，或可称作休养生息，以图再战，所以在二月和三月以后，天便像小孩的脸，忽阴忽晴，变化得极为频繁。热冷空气你方唱罢我登场、城头变幻大王旗，难怪把七雄争霸称为"春秋战国"时期，形象到无可辩驳啊！

过了春节，有那么几天，艳阳高照，忽然就感觉棉衣有些多余了，捂在身上一动就出汗。你以为春天真的来了。坐在墙角火辣辣地烤，还老打瞌睡。低头佯睡的瞬间，却发现脚下的泥土里，不知道啥时候就冒出来一些草的嫩芽，几片和泥土颜色相近的绿叶，再持续晒上几天，还会开出几朵小花来。它们也争春呢！

恍惚还有了苍蝇之类的飞虫一晃而过，你以为被晒糊涂出现了幻觉，屏息凝神间，确定了熟悉的嗡嗡声不是来自厨房的换气扇，你笑了，说了声还真有不知道死活的。这样的景象让你狂喜不已，对面房顶阴坡上的积雪还未化尽，春天就这么来了吗？

但这个惊喜也就几根烟、几杯茶的工夫便被消遣了，待阳光把门前那棵树的枝枝丫丫都清晰地印在脚下的时候，寒意重新逼来，你也从春的虚晃一枪中清醒过来，确定了，刚才没在做梦。

往往就在这种情形之下，天气预报会大煞风景地说：未来几天会有大风降温，伴有雨雪天气。可能第二天一觉醒来，果然就看见对面房顶上白晃晃落着一层雪。

对春的渴望，就在这一连串的得失中消磨着热情。春是个贪玩的、调皮的孩子，迟早会来，但不接受安排，除非树梢上开始冒出新绿，其余的都是假象。

2

广场边上有一排风景树，被唤作紫叶李。这些树正值壮年，树干壮得像广场上打篮球的青年人青筋暴起的臂膀。树皮粗糙青黑，树冠收拢得很圆润，每到三月中旬，总是先于周围其他树木觉醒。而且先开花，后出叶子。花朵钱币大小，五瓣，粉白，每根枝条从上到下都开得很满，粉嘟嘟的，几天工夫，从一根根光杆到整个树冠就一下子变得密不透风，远远看着像一道用花筑起的墙壁，很喜庆，也很有气氛。

春天总是少雨而多风的季节，没有雨的击打，花瓣在树上总能停留得长些，让路过的行人不忘扭头多看几眼，那一刻心里也能像花一样美美的吧！花开无叶，叶生无花，随着叶子的慢慢伸展，花瓣便像为了腾地方般纷纷落得一地雪白，花墙随之渐变为绿壁。说来也怪，北方树种的雏叶普遍泛着嫩黄，柔嫩得让人看着心生爱怜，而这树叶刚长出时就一副老成持重的样子，很严肃，很悲壮，很牛掰，像我们村一个脾气很倔的老头子，越往后的时候颜色越深，深到泛着些幽蓝，以至于连那段不到三十米的小路，都有了些阴森之气。

从上到下，从里到外高度统一到连结出的果子，也是那么的高深莫测。起初的几年里，我很好奇这种舶来的树种，以为它只是供观赏的植物，繁花和很浓重的绿是它全部能拿得出手的东西。直到有一天看见一帮熊孩子站在台阶上扯下一段树枝的时候，才看清藏在叶子间褐色的果子来。

这就是它的不好了，干嘛要结果子呢？这不是招祸吗？收拢得很齐整的有着优美弧形的树冠，就被扯得乱七八糟，像早上起来没梳头发的女人。

果子并不好吃，有一点淡淡的涩味儿，一点点淡淡的不像甜的甜味儿。端午前后熟到无人问津的时候会滚落一地，行人踩踏过，黑褐色的汁水在水泥路上便留下一坨一坨许久都冲不掉的印子。

紫叶李初栽上时被截成一根根木桩，样子极难看，处境也极难堪，小朋友们喜欢围着它互相追打，一些好不容易长出的紫色的嫩芽，就被小手们捋得精光。因此在它定居广场的前几年里，一直都像个被用秃了的倒立着的扫把。我的色彩感知度一般，得知它被唤作紫叶李的时候，就会想起这时候它的样子，觉得它是有着很明显的紫色，是很合理的。但好像长大后就不再明显，也很是迷幻。

植物就是这样，只要根没被伤到，还能抓得住泥土，就有活下去的希望，植物的枝干上都有隐芽，它是专门来应对不测的，那些破坏后带着尖刺的断茬，便刚好形成一道屏障，护佑着这些隐芽在恶劣的生存环境下迅速生长。

仅有两棵运气差点儿，其余都幸存了下来，而且拜街道居民夜壶及泔水所赐，有机营养充足得像个财主家的千金，几年工夫就长得枝繁叶茂，膀大腰圆。

3

模棱两可对一个强迫症的人来说是种折磨。

去年的春天让人觉得不怎么好过，像那场疫情一样拖拖拉拉、似是而非、没完没了一直到立夏之后才稳定下来。但好在不像今春这样的雨水不断，紫叶李花没有受任何影响，它那么健壮，那么不谙世事，反而开得有型有款，败得有姿有态，有序幕，有高潮，有谢幕，一场不落、有始有终，熙熙攘攘、纷纷扬扬地，和那个春天绝无仅有的打开方式一道，飘散在记忆里。

今年的疫情被早早控制，没有弥散到这个春天，但在那个春天里失去的都被记起，都化作了阴雨，在清明节前后，和着紫叶李的花期，一场接一场洒落。

(作者：张丹)

树后面，躺着母亲

村子东边有道坡，面西，和村子隔沟相望。沟不宽，站在沟沿的打麦场上，能清楚地看到对面坡上大大小小的土包，以及夹杂在中间的每一棵大大小小的树。

坡有三道硷，第二道硷的畔畔上，长着一棵很老很老的柿子树，树后面，便躺着母亲。

很小的时候，打麦场是我们的乐园。麦子一经碾打完毕，场两边便生出一个紧挨一个蘑菇样的麦秸垛，成为小孩子们玩打仗、捉迷藏的绝佳之地。一到放学，野小子和疯丫头们，便成群结伙来到这里，想着法子地淘。厮打声、笑闹声绕着麦秸垛，此起彼伏，热闹非凡。

在玩伴中，我是最弱小的一个，常常会被戏谑和捉弄。有一次，他们把我摁在一个麦秸垛后面，让我闭上眼睛，指着我的鼻子说，只有听到喊"找"的时候，才可以睁开眼，并且出来找。说完，他们便"呼啦"一下四散，消失在我面前。

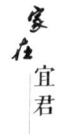

我一个人独自蹲在那里，感觉过了好久好久，麦场静得只剩下偶尔传来的一两声鸟叫，以及我的脊背和麦秸摩擦时发出的"嘶啦"声。没听到有人喊，我也不敢动，坏了他们的规矩，以后没人会再带我玩儿，就那么傻愣愣地一直蹲着，等啊等。

忽然，一阵哭声骤然响起，那声音犹如晴空中突然炸响的一声闷雷，在死一般沉寂的午后显得格外瘆人，让人猝不及防。我像被电击中似的不由打了个哆嗦，心跳迅速加快，感觉头发都快要竖起来了。

我"嚯"地站起身，几乎是连滚带爬地从麦秸垛后面逃出来，空荡荡的麦场一个人影儿也看不到。高大林立的麦秸垛立刻变得阴森恐怖起来，那骇人的声音也仿佛都是从每个垛子后面传出来的。

哭声一浪高过一浪，从一开始的一个声音变为了一片。万分惊恐中，我循声望去，确定了声音来自对面坡上，几个身穿白孝衣、戴白帽子的人。由于隔了一道沟，那声音毫无遮拦地飘过来，碰到沟沿，悠悠地来回飘荡，好久都没散去。

我第一次知道，原来对面是个坟场，村里死去的人都会被埋在那里。小伙伴中有人说，你知道对面坡上的树，为什么都长得那么高那么壮吗？那都是因为吸收了人油，还有人说，他奶奶或爷爷就埋在那里，还故意吓唬我说，看！我爷、我奶正看咱们呢！然后从我身边一哄而散。

从那以后，我很少再去麦场玩儿，也不想再看那里的树和满坡的青绿，那里的东西在我心里已经有了哭声和阴森恐怖的印记。我生下来就没见过爷和奶，不知道他们是不是也在那里，如果也在那里，会不会认出我来，对他们，我没有任何印象，感觉哪个坟包都有可能是，也感觉每个坟包里面都会有一双眼睛在盯着我看。

印象里，被吹吹打打抬到那里的人，都是很老很老的老人，我家没有那么老的人，所以我一直都觉得，有生之年永远都不会和那里有任何的关系。

这样的感觉一直陪伴我走到成年，村里每年都会有老人去世，坡上总有几处土地被翻新。上了年纪的人把那里称为"新庄子"，村子里不断有新生命降临，坡上也不断有"新住户"迁入，新生的带着哭声，人们在笑声中为他忙碌庆生，死去的人，在一片或真或假的哭声中投身另一个世界，两边都有生，都有死，生生死死就像见惯了野草青了又黄、黄了又青一样变得习以为常，也让一个少年的心思磨出了一层层老茧，恐惧感、戒备心逐渐消融，直到有一天，成为那里的常客。

成长是什么？不就是堆积起来的痛吗？树木每长一寸，枝叶便远离土地一寸，离更危险的境地便近了一寸，人每长一岁，便离死亡近了一步。在自然制定的法则里，谁都没有例外。

理性是坚硬稳固的堤坝，感性则是那柔美起伏的湖水。人们在欣赏美丽湖水的时候，往往会忽略堤坝的价值。而湖水一旦冲破理性的堤坝，便犹如洪水般毁灭。

23年前，草木将枯的季节，母亲走了，走得很突然，也让人很难以接受。虽然理性能感知终会有这么一天，但感性总是不相信，这一天会来得这么早。

无数次绕过那道沟。双足的力量敌不过荒草的疯狂，终究没能踏出来一条明晰的路，但母亲在那里，心总不会迷茫，能跑动的时候，再艰难也会常来看看。

坟包一年年矮下去，悲伤亦如坟前的荒草对它年复一年地覆盖，逐渐消退。我不想大声哭泣，因为总是觉得对面的麦场上，总有一个个少年在那里张望，我不想打扰到他们，他们小小的年纪，不该承受这样的悲伤。

这是一个有着温暖阳光冬日的午后，天气预报说明日降温。活了这些年，不知道明天快乐和烦恼哪个会先到，但对老天的安排总是深信不疑。

我独自来到坡上，阳光满满地洒了一坡，没有风，草和树木就显得懒洋洋的，除了我，都像睡着了一样安静。远离尘嚣，我好想懒懒地睡上一觉，在这里没有恐惧和紧张，因为我知道，母亲就在不远处，有母亲在，我什么都不用怕。有母亲的地方，是最安全的也是最舒心的。

相反,对面的村子却因夕阳西斜,被笼罩在了一片阴暗中,看得见袅袅炊烟和楼顶飘着的旗帜,汽车和来来往往的人影,却听不到任何声音,恍如在观赏一幕无声电影。

好几年没来过了,以前坟前还有一小块地种着庄稼,这些年都务了果园,这些效益不高的土地都被撂荒,全长了草。草太高,还长了不少的刺槐。刺槐从断茬处抽出一丛丛新的枝条,浑身的刺像鳄鱼的牙齿一样尖利,阻断了所有的路。我终究没能靠得离母亲近一点。

本来我是想来告诉她,这几年生活好了,以前她一到阴雨天就担心,视若珍宝的柴火呀什么的都没人用了,都用电了,用电做饭不用"叭嗒叭嗒"拉风匣,几分钟就能吃到嘴里。路也好了,车也多了,去外婆家像去邻居家串门儿一样方便。两个孙子也长大了,虽然学习都不好让我很头疼,但好歹有个好身体,大孙子还学会了开车,他一口气可以把我背到六楼,再过几年也要说媳妇了呢!

我知道她喜欢听到这些,也希望听到这些,还有什么比这些,能让她更舒心的呢?

今年清明节,我嘱咐儿子来清理了母亲坟头的荒草,并给他带了一包油菜种子,让他撒上去,那样即便是到了冬天也是草绿着的,远远地也能看见,到了开春再开出些黄灿灿的油菜花来,更是显眼。

然而我忽略了一个重要的事情,清明节里撒的种子是不容易发芽的,即便发了芽,也长不过无孔不入的野草,只好再等到明年合适的时间了。

还好有那棵老柿子树,从记事起它就杵在那里,我默默地在心里祝福它永远长寿,只要它不倒,我站在对面的麦场上,就也能看见母亲。

（作者：冯新刚）

母亲的苹果树

母亲什么都没有给我们留下，却留下了我们。

——题记

外婆家院子里有一棵"红果"树，很多人没听过这种树名，其实也就是没有嫁接前的野苹果，学名叫什么我不打算探究，我只关心它结出的果子，我的童年，都是在红果的诱惑中度过的。

红果和苹果有很大区别，从杏核大的时候就开始着色，到快成熟时颜色极鲜红，且极具层次感，迎光部分像枣子那样的鲜红，渐次变成如桃子那样的淡红色，背面却像婴孩的皮肤般嫩白，这样红白相间，显得格外耀眼，由不得让人垂涎欲滴。因为是野生的树种，它的味道也极具野性，咬一口，首先冲击味蕾的是"涩"，涩到让舌头和口腔都要黏到一起的那种感觉，其次便是"酸"，这酸的感觉要比苹果的酸要强烈些，略带着的一点甜味儿，智慧地证明了它和苹果的共同属性。

那时候的小孩，对吃是极敏感的，只要是能入口的东西，便时刻惦记着。每次去外婆家，二话不说，摘几个红果吃，是总不会忘的。看着我们姐弟几个的馋相，外婆说，来看我们是假，来吃红果是真。连不善言辞的外爷都说，一个个馋得就差个死老鼠塞到嘴里！

听外婆说，这棵红果树当初是母亲当作苹果树苗从路边捡回来的，捡到的时候根部几近干枯，外爷在院里的菜园子挖了个坑栽了，母亲端来水浇上，每天不知要跑去多少回，看上多少眼，盼望着它能活下来，早些发出绿芽来。

那年，大舅20岁，母亲10岁，二舅刚刚出生。20世纪50年代，医疗条件非常差，外婆在生下大舅之后，好几个孩子都没保住，大舅、母亲、二舅三个人之间均相隔十年之久。老天似乎是刻意安排的，让他们三兄妹恰好都相差整整十岁。

红果树居然活了，长出了新芽。大人总是为生计忙碌着，大舅在外面上学，照顾二舅的任务落到了母亲肩上，母亲每天照看弟弟，当然也不忘时刻悉心呵护她的红果树。

外婆命很苦，却是个极要强之人，做事干脆利落，家里的大事小情都处理得井井有条，相比之下，外爷却很窝囊，在村里常受人排挤。

外爷年轻时候被抓过壮丁，可能是受了战争场面的刺激，性格木讷，少言寡语，干活也多是受外婆指派。用外婆的话说，就像是个木头。

外婆家有上房三间，腰房四间，都是在她手里盖起来的。外婆是小脚，缠了脚的人走路，因为脚掌不能使劲，其实不能算作"走"，只是一小步一小步地"挪"。从记事起，印象中的外婆总是微微弓着背，两条腿似乎总不能打弯的样子，艰难地走来走去，却总是一刻也不肯停歇。

尽管是小脚，但急性子的外婆在遇到事的时候，脚下就像生了风，一点儿不输大脚板的人。六七岁的时候，有次和外婆在地里摘豆子，天快下雨了，外婆拉着我往回赶，我小跑着都跟不上，还总遭她奚落。我知道外婆的性格，我是见过她解了裹脚布后的样子的，看第一眼的时候，心里有种刀割了肉的刺痛感。就问她你走这么快脚不疼吗？外婆说咋能不疼，急性子人，受点疼总比急死强啊！听母亲说，外婆这双小脚，曾经为了打官司，徒步六十多里路去县城，来来回回几次。大舅是个非常上进的人，上学没让家里操过心。在当时那样的条件下，他考上了延安的卫生学校，毕业后又留在延安工作，并且娶妻生子。但这样优秀的人却成了外婆一家永远的痛，二十九岁那年患上了肝癌，扔下妻子和家人撒手西去。我见过大舅的照片，是个身材高大、面庞俊朗的美男子，只可惜造化弄人，让他英年早逝，更剜走了外婆的心。

这还不是糟糕的，母亲念完小学，没有再去读初中，而是回家在生产队劳动挣工分。十五六岁的时候，突然感觉时不时手脚萎软，四肢开始逐渐变细、走路摔跤，看了很多医生，都说不出个所以然来，后来据一位老中医讲，是罕见的"萎症"，民间称之为"骨头吃肉"。

还有二舅的状况。二舅小时候营养不良使他看起来面黄肌瘦，身体羸弱不堪。在传统观念中，"人丁兴旺"是一个家庭的命脉，这接二连三出现的状况，让外婆猝不及防，让全家人在村里抬不起头来。老天似乎下了什么魔咒，毫不给这个家庭喘息的机会，一再地打击，彻底击垮了可怜的外婆。

大舅去世后的一年多时间里，外婆万念俱灰，像疯了一样从早哭到晚，走到哪儿哭到哪儿，以至于到后来落下了极其严重的胃病，让她在此后的几十年里备受折磨。我最早见过的胶囊、记住的第一个药名叫"胃得宁"，就是外婆最常服用的药物。

红果树不知道这世事的艰难，依旧肆无忌惮地生长着，在不知不觉中，宽大的树冠竟然覆盖了小院的大半。逢春展叶，逢秋结实。

时间逐渐冲淡了伤痛，再难的日子都得过。转眼几年过去，二舅没有像外婆担心的那样出现不好的状况，初中毕业后上了农技校，学会了修剪果树，成为周边少有的果树技术员，院子里的红果树成了二舅练手艺的对象，母亲看着他又剪又锯的一番折腾，心疼不已，但有外婆护着也不敢言语。

嫁给父亲，母亲起初是不愿意的，她对外婆说，父亲的眼神很凶，让她害怕，但是母亲的身体状况不由她有过多的选择，说过几个对象中，就数父亲身体最强壮，便只好勉强答应了。

1985年的时候，村里开村民大会，像这样的事情，父亲一般不愿意去，便让母亲去参加。回来时，母亲对父亲说，村里往外承包的五亩苹果园她要了，母亲话一出，连我都感到惊讶，一向不做主的母亲怎么敢做这么大的决定。

果然，父亲面露愠色，怒冲冲地说："苹果树谁都没种过！弄不好卖不了钱连种粮食都耽搁了，你又干不了活，想累死我呀？"

但母亲态度很坚决，她对父亲说，娃他舅舅懂技术，会修剪，这咱不用担心，再说娃娃们都爱吃，每次去他舅舅家都吃不够，苹果树小的时候照样可以种麦子，结了苹果总要比麦子卖钱多。

事实证明母亲的坚决是对的，此后几年我们上学的学费和日常开销，都托了这苹果园的福，也让我们家最早成为村里相对宽裕的家庭。

家里院子很大，但却光秃秃的，母亲便让我们在院子里，也栽了一棵苹果树苗，不出几年，便长得大如伞盖。光秃秃的院子也因它的苍翠变得充满生机，弟弟妹妹们围着它游戏，树身被蹭得油亮光滑。植物是站立着的清泉，每到夏天，油亮的叶子闪着银光，顶着烈日，为我们撑起一片荫凉。

外爷外婆一年年变老了，二舅家的孩子都开始上学了。红果树半边身子腐烂枯萎，被二舅锯掉，仅剩的几个枝条仍然顽强地孕育着果实，红果依旧泛着诱人的光泽，但有了更大更香甜的红星苹果，却不再如我们小时候那么受人待见。

　　风平浪静的日子没有过上几年，厄运再次降临，母亲得的怪病被我们姐弟四人成功复制，科学的准确性和严谨性，不会因为人的美好愿望而偏离，反而不偏不倚，砸了个结结实实。因此我从不相信宗教，我不认为人的意念能和自然规律抗衡。

　　外婆至死都没有原谅外爷，就像外婆一家几十年如一日地讨好父亲，力图弥补母亲的亏欠，却没换回父亲一丝笑容一样。外婆说，自从嫁给外爷，她就没有过过一天舒心日子，一定是他们祖上做了什么不好的事情，才让她遭这罪孽。

　　二舅建了新居，日子蒸蒸日上。老宅子被废弃，凝聚着外婆半生心血、用泥土筑起的房厦，在岁月的冲刷下变得摇摇欲坠。只剩半边身子的红果树也彻底老了，枯朽的枝丫在荒草丛中倔强地指向天空。

　　外婆和外爷一生没有过默契，却同时卧床不起，外爷是摔断了胯骨，外婆则是中风。外爷仍旧一声不吭，默默忍受着疼痛。而外婆勤劳倔强的性格，让她不甘心忍受终日卧床的憋屈，常常在夜里忍不住放声大哭。我每次去看她，她总是抓着我干瘪的手臂反复摩挲，继而挥起一只还能动的拳头捶打自己的胸口，严重的中风让她不能说话，但我知道她想说什么，便极力安慰她，但越是这样，她好像越难过，所有想说却说不出的话，都化成了热热的泪，打湿衣襟。

　　一声不吭的外爷先走了，安葬的那天，外婆停止了哭天抢地，怔怔地看着院子里忙碌的人们。我坐到她身边抓她的手，抚摸她花白的头发，她也毫无反应，我把头埋进她熟悉的臂弯里，只觉头皮上热热的，成串的泪水落进我的头发，钻进了我的心里。

随后的几个月,外婆再没有在夜里哭喊,夏天快要过完的时候,也静静地走了。

外婆走后的那几天,院里的苹果开始挂上了亮亮的红色,树叶即将完成它的使命,颜色逐渐变得黯淡了。

这年的中秋,许是为了慰藉失去双亲的母亲,远嫁外地的姐姐放下刚满三岁的儿子,来陪母亲过节,因为路途遥远交通不便,以及身体的原因,母亲从没登过姐夫家的门,而姐姐自从出嫁以后,除了每年春节费尽周折由姐夫陪着来一次,平时是来不了的。这让母亲很欣喜,娘俩做做家务、拉拉家常,平淡的日子就这么一天天过去。

苹果树开始有黄叶不时飘落,姐姐说她家该种麦子了。回去要转几次车,母亲不放心她一个人走,便让我去送,临走时,还一再念叨装些苹果带给外孙。

在姐姐家的几天里,天始终阴沉着,阴冷和潮湿让我觉得很烦躁。这天傍晚吃过饭,我躺在床上和啃着苹果的外甥玩了一会儿,便沉沉睡去。

半夜的时候,正睡得迷迷糊糊,一阵急促的敲门声把我惊醒。姐夫去开了门,我听见是姑夫说话的声音,觉得很意外,便急忙穿上衣服迎出去。

同来的还有同村跑班车的小宜兄弟俩,我好奇地问他怎么半夜跑这来了,他没有正脸对我,边点烟边说,你妈妈病了。

我有点蒙,走的时候好好的呀!转念又想母亲腿脚不便兴许是摔倒磕着了,便没多问。

汽车在崎岖的公路上一路颠簸着让人昏昏欲睡。昨天下了雨,有几段路非常泥泞,太阳在雾气重重中时隐时现,车内异常闷热,车窗外的田野树木急匆匆闪过,迷迷茫茫的,混成一片。

汽车驶近家门的时候,发现院子里灯火通明,此时昏昏沉沉的我仍没反应过来，而当唢呐铜镲骤然响起时，方如梦初醒。我的头皮一阵发麻，心一下子蹦到了嗓子眼，直到现在我都记不清，那天的我是怎么从车上下来的。母亲扔下我们找外爷外婆去了，她服用了大量的马钱子，那是用来给我治病的，附在我身上的病魔没有去掉，却带走了我生命中至亲至爱的那个人。

听妹妹说，发现时，母亲倒在苹果树下，身边一个人也没有，天上下着蒙蒙细雨，枯黄的叶子落了满身。

我想不出母亲临走时的心是有多痛，作为女儿，她没能给外爷外婆做过一顿饭，缝洗过一件衣，反倒让父母背负沉重的枷锁遭人白眼。作为母亲，没能给儿女一个好身体，没能等到儿子成家立业，享受儿孙绕膝的天伦之乐，反倒感觉因为自己的存在，让给我提亲的人顾虑重重，感觉自己是个障碍。我又能想得出母亲临走时的不甘，我不相信她没有牵挂，我清楚记得，送第一次出远门上学的弟弟出门的时候，她红红的眼圈儿，听到我从北京看病回来没有结果的消息，她无奈地叹息，看到来给我提亲的人来家里，她极力掩盖着鞋子上的破洞和枯瘦双手时，窘迫的神情……

识文断字的母亲，给我们讲过许多童话故事，她还喜欢看戏，喜欢给我们讲戏曲里的故事，故事里有那么多的反转情节，却没能在我们身上发生，我多想再让她把这些故事讲给我的孩子们听，让她听到孙儿们亲切的呼唤，让她看到孙儿们崇敬的眼神，可是，老天不给我们机会，一次都不给！

她承包来的苹果园，给了我们丰厚的回报，可她却没花上一分钱。我买了三轮摩托车，十几分钟就能到舅舅家，常常想象着她坐在上面开心的样子，心里空落落的，如同空荡荡的车斗。我买了手机，天真地想象着某天在电话那头，能惊喜地听到她的声音，听她喊我的名字，能让我告诉她这些年，我们是有多想她，我们的孩子是多想叫她一声：奶奶！

半根黑发

喜欢陈忠实很久了，知道《白鹿原》也很久了。可一直没能潜心拜读，不是没条件，实在是不敢！

我喜欢文学不是一天两天了，诚惶诚恐地写了也不止一次两次了。就像听到一首好听的歌，躲在无人的角落里哼唱，却怎么也唱不出理想的韵味来。写东西也是如此，每每写完一段或者一篇文字，头脑里都会不自觉地浮现出一两个熟悉的名人，或者拜读过的一两篇他们的作品，那种不自信和羞于见人，又急于与人分享，既想博得赞赏，又不想在纯粹的赞美声中沉溺的复杂心理，便反反复复地困扰着。

中国的历史有几千年。清朝以前的历史对我来说，就是一堆堆只有在考试时候才用得上的枯燥的文字和年代，那些纷乱杂沓的事件似乎离得很遥远，血腥，都已嗅不着了踪迹，更替和变幻大同小异到令人麻木，历史有多远，感觉就有多远。然而自这以后发生的事情，似乎就想躲也躲不开了，因为这里面就牵扯到爷爷辈儿的命运了。爷爷的命运关乎到父辈，而父辈的命运直接关乎到自己，我不知道这种念头是不是自私到了极致，总之，有关这段历史的文章，我总不忍心碰触，那些场景、那些人物触手可及，都带着温度。那些熟悉的方言和民谚故事，多少都出自外婆口中。

果不其然，《白鹿原》一上手，便欲罢不能，时刻被揪住不放。不单单是耽于人物的命运走向，而是小说呈现出的那种沉重和忧郁。

白鹿，是贯穿整部小说的一个神奇的意象。原因白鹿而得名，白鹿因原而传奇。白鹿原上的人到底见没见过白鹿，我想恐怕连作者自己也没有答案，但我相信白鹿原祖祖辈辈人心中，都会有这样一个神物存在，因为那是他们的信仰，是他们的精神支柱。

人的本能也是活命，但人比动物聪明，可以借助外部力量，可以借助同类的力量，以达到自己的目的，于是就有了阶级，就有了压迫。处于阶级顶端的人可以掳取底层人的利益，从最初的掳取食物，随着贪欲的不断扩大，逐渐演变为思想、自由乃至生命。战争由此产生，并不断升级、扩大，从同族转向外族，从眼前扩展到千里万里之外。不单是为了一口吃食，多数是因为贪欲和仇恨！这是进步，也是堕落。就像多米诺骨牌一样，一旦开了头，便没人知道啥时候是个头。动物也有阶级，也会有战争，但好像仅限于同类同圈子内部的交配权，不会扩大化，不会伤及无辜，优胜劣汰从一定程度上是对种族的保护。

白鹿已经不是普遍意义上的鹿了，和龙、凤、麒麟一样，成为神物。

白鹿，说白了就是人心中的善念，世界需要善，人类创造的任何东西归根结底都是为了一个"善"字，就像活着就要思考吃饭一样，成为人类亘古不变的追求。白嘉轩是人，当然也就有私欲。作为多米诺骨牌中的一个，他也得顺应同类的规则。如果清政府不倒台，他可以凭借自身的才智、胆略、气度、宽严相济和宅心仁厚，顺利完成一个交接，做成一个好人，带动身边的人也都做好人，因为他心里始终装着白鹿这个圣物，白鹿和他心有灵犀，不断鞭策他、指引他，不出意外，他之后就会幻化成一匹白鹿。

然而，他为这个时代而生，却也为这个时代而死，不是身体上的终结，是心死了，哀莫大于心死。他越是努力，就离期望的结果偏差越大，离他心目中那个圣物越远，他终究不会成为自己梦中的那个白鹿。

但就有一个人差一点做成了，那就是朱先生，他一生公正清白，目光独卓，心胸坦荡，仁爱谦和，处乱世而不沉迷，居高境而不癫狂。正像他死的时候，黑娃送他的那副挽联：自信平生无愧事，死后方敢对青天。

朱先生与白鹿之间，只差了半根黑发。人无完人，我想，作者心中一定也装着那只白鹿，那白，掺杂不了半点黑。

人终归是人，与神之间只剩了半根黑发的距离。但就这半根黑发的距离，对多数人来说，也是那么遥不可及。

面向自然，红尘纷扰便在身后

1

以我这样的体质，一到冬天，就早早列起架子，像一只待宰的羔羊即将要面对寒光闪闪的屠刀，从头发到脚跟的每个细胞，都做好了挨冻的准备。

命运总是充满了阻力。农村有句老话：有钱没钱，庄子朝南。朝南有什么好处？皇家宫殿坐北朝南是显尊贵，农家则是为了从早到晚能见上太阳，在缺衣少食的年代，大冬天里白天晒太阳，掰虱子抒虮子，破个柴火纳纳鞋底，打打瞌睡；既驱散了寒冷，又能减少饥饿感；在浑浑噩噩中熬过衣裳单薄、饥肠辘辘的寒冬。

张淑霞老师文章里说，冬季最好的景象是阳光和白雪。她把阳光排在前面我是举双手赞成的。阳光是天空的心情，天的心情好了，人的心情也不会差。当然每天阳光普照是不可能的，也是不科学的。好心情不是天天有，假装出来的不美也不人道。雪还是要有的，没有雪的冬天就像赴了一场没有酒的宴席，让人失望。不下到路上的雪，和洒满角角落落的阳光一样让人待见。

阳光的好处自不必说，光亮温暖还兼除潮杀菌的功能，现代人还普遍认为常晒太阳能补充钙质。然而悲催的是，我家院子却是坐东面西的，小时候家里的窗户很小又没有玻璃，一到冬天，为了抵御严寒，不免要将窗户挡得严实，稍微赖一会儿炕就到了日上三竿，那时候也没有钟表，上学常常迟到。

后来搬到街道住，来了个180°大反转，房子面了东，一大早就能看到从窗户透射进来的阳光，那阳光带着点鹅黄色，暖暖的，充满了诱惑，让人心动。但那光只是个亮，却没有热度，到了门口，街巷的风吹得脸生疼。好不容易盼到气温提升，太阳又开始慢慢躲到屋后，给屋前划下一条齐铮铮的线，线的两边，判若两个世界，一边温和如暖春，一边阴冷似冰窖。

生意也像被封冻，没有几个顾客上门。这边店的人纷纷去了对面，这个时间，没有什么比追光更惬意的事。冬天的白昼很短，短到女人们刚刚收拾完早上的碗筷，坐在墙根下择一把菜、谝一阵闲传，看着那条分界线像蜗牛一样爬到脚边，再去做顿饭的工夫，一天就过去了。而对于我来说，就是早晨好不容易费劲巴拉穿上的衣服，出来转一圈儿还没弄个啥啥又得费劲巴拉地扒下来，一天就完了，整个冬天除了穿衣脱衣，似乎再没有别的什么印象。

2

这几年冬天都没有好好下过雪，好在农村没有霾，不下也不装作要下，整天装腔作势地阴沉，阳光还算充沛。

花了两千多元买了辆电动轮椅，决心冲破束缚，跨过那条欺人的线，把自己从幽闭于阴冷昏暗的房子里安全送进阳光下。为了这一天，我避过婆娘，把购物软件几乎翻了个底朝天，最终找到一款最便宜的，但还是下不去手付款。

后来，街道的老刘死了，老刘是个六十多岁摆摊的孤老头子，有了病不舍得去治，终有一天半夜感到不适，独自出得门来，倒毙于街口，留下诸多感慨和钱财于现世。闲谈间，对门一句"该吃吃该喝喝,钱财名利身外物"触动了我的心猿意马,遂一咬牙戳出去这两千六百元。

有了"腿",出太阳的时候,得空就往出跑。

生活太过舒适,太过平淡,就会索然无味,就像没风吹过的湖面,没有一点儿涟漪,让人感觉死气沉沉、没有生气。能排解这种情绪的,就是凑凑热闹,看看笑话。男人们见多识广,哪儿翻了个车,谁家的拖拉机在路上放了炮,谁在外面弄下瞎瞎事了,谁家的小子在外面把事干大了,能好好议论几天。实在没什么可说的,扯扯新闻,扯扯政治,扯扯中美贸易摩擦,肉价油价房价,懂不懂的都抬上一阵杠,回家睡觉也香。女人们大多不关心这些,说的都是家长里短,孩子的学习,丈夫的眉眼,谁在淘宝上买了个裤子,谁又做了个眉毛,拉了个直板,手机一开放到窗台上来段广场舞,要么就拍个小视频。

我和我的轮椅出现在街上的时候,无疑增加了一个亮点,不熟稔的人侧目而过,看个稀奇,熟悉的人近前赞叹一番,连带问问价格。好在没人围观,让我稍稍有些释然。唯一让人不爽的是每每总有人问道:是不是残联给你的救济呀?国家给你发的呀?我说自己买的,又问"那有没有补助啊""能不能申请报销啊"诸如此类的话,那神情和语气,坚决不肯相信是我自己掏的银子,大有不和国家扯上关系誓不罢休的劲头。

也难怪,在他们眼里,我是扶贫户,二级残疾证持有者,这不是灾难,而是一种荣耀,国家这样那样的扶助政策享受着,生是国家的人,死是国家的鬼,有任何困难和想法都可以推给政府,随便"哼唧"一下,不可能不给。这年头人也不知道咋了,国家扶贫济困政策多了,就让人产生了依赖心理。也让人有了这种习惯性思维,一说起时事,总有发不完的牢骚,有困难没困难、有钱没钱的人,都想方设法套点政策、捞些好处。

中国几千年的帝制形成的思维怪圈，已很难在短时间内扭转过来。黑人领袖马丁·路德·金就这样说过："一个国家最好的不是你的国力、基础设施、国防设备，而是最好的公民。"细想还真是这么回事，就像一个家庭，你再富得流石油，家底比黄土高原还厚，出了不肖子孙，落败也是分分钟的事情。大的道理咱也讲不来，我的头脑里大多时候也只装着自己的小家，但基本的觉悟还是有的，私心可以有，但不能是全部。日子还是要自己踏踏实实过，用自己的双手去奋斗，等靠要的想法绝对不是明智之举。

3

走在阳光中，呼吸着自由舒展的空气，再回头看看离开的地方，分明就是个黑洞洞的笼子。

以前看到路边的人群，说说笑笑又是比画又是手舞足蹈的，想着很是有趣，然而去了几次人多的地方，发现已经很难融入了，人家说的咱弄不了，咱能弄的人家不感兴趣。很多时候，看似一群人的狂欢，其实都被一两个人滔滔不绝地独占，除了吹牛皮就是抬杠，没意思透顶。

有些热闹是需要距离的，走近了就失去了美感。这好比看戏，坐在台下听着乐器奏出的美妙旋律，演员优美的唱腔，优哉游哉之余，还可对演员的表演以及剧情发展品头论足一番，高兴了鼓鼓掌，动情了擦把泪。而演戏就不一样，演员在看似热闹的舞台上，其实是最孤独的，别人什么时候出场，唱词是什么，哪儿应该怎么处理拿捏都不重要，自己什么时候张嘴，动作和站位是否得当是时刻要牢记的，神经时刻紧绷着，该哭的时候即使中了彩票也得挤出眼泪来，该笑的时候老婆跟人跑了都得佯装很开心，压力往往大于了乐趣。

隐隐觉得独处仍旧是不二选择，海市蜃楼终究是虚幻的美，走近了也就没有了。劳神伤财获得的自由不能白白浪费掉，与其在人群中落单，接受无聊的盘问，不如当个纯粹的看客。

人是自然之子，从大自然中来，最终也要回归自然，在她面前没有尊卑贵贱，没有世事纷扰乱心。面向她，繁杂和喧嚣便在身后，所谓繁华皆是过眼云烟，终会落幕。静谧和孤独是最终要永久面对的。

4

广场的西北角避风幽静，阳光充沛，墙外几棵高大的速生杨，在阳光照射下泛着银白的光。杨树在冬季很清爽，树叶落得精光，直溜的枝条没有多少分杈，饱满的树芽尽显生命的张力。如果把它比作人，就是那种干净利落、勤快肯干的，春天里塬上的树木中数它醒得最早，土层刚一解冻，它就立马吐出新芽来。这可能与它的生活习性也有关。杨树根浅，农村人叫"顺皮溜"，但扎得远，冬季土壤里的水分是集中在地皮上的，气温稍一上升，生长的欲望便被激活。

而刺槐就很糟糕。槐树属于那种不讲究还懒散，且浑身是刺、听不得良言的"懒汉人"，树身黢黑，满身的疙瘩状似蛤蟆背子，叶子落了槐角却不落，一条一条像烂布条一样挂在枝头，看着就让人压抑，像我这样有强迫症的人，恨不能上树去一通猛摇，除之而后快。

杨树顶端的分杈处有一鸟窝，想来居住者肯定也不会是体形过大的鸟，窝不大，稳稳地架于树上，总觉得好像在哪首古诗里见过，但是想了半天又想不出，忽然觉得好笑，鸟窝就是鸟窝，非得扯上诗歌，真是自找不快。

果然，有几只小巧的身躯在周围的树杈间跳来跳去，不瞪大了眼仔细看甚至都看不清它们的样子。名字叫不上来，以前从没见过，身形比麻雀小了一半，黑背灰肚皮，小小的脑袋一动，隐约可见头的两侧各有一条细小的白线，在杂草和黑灰的树杈间成功伪装，只要不动，没人会注意到。

小白仰着头也在看，目光随着小鸟的上下翻飞不停地移动，嘴角微微翕动着，尾巴和爪子时不时动一下，似要做好随时冲上去的准备。在它眼里，这些小鸟就是一个个长着翅膀的奶酪。

小白是我家的新成员，身份来历不明。

住在街道，经常会有这样的狗出现在门口。农村人养狗多数不拴起来，母狗生了狗崽嫌麻烦，就捉来扔到街上，让其自生自灭。小孩子常常动了恻隐之心，怜爱地抱回来，喂一次就再赶不走，大人再不喜欢也都没办法。小白来的时候羸弱不堪，身上除了蓬乱的一身长毛，看不出来有多少肉。流浪生活让它很憔悴，也很怯弱，处处小心翼翼，不太喜欢靠近人，见到人就惊恐地躲避，真不知道之前经历了什么。

我喜欢狗，但不想养狗。有也行，没有也不生抱来养的念头。家里断断续续养过几只狗，都是小儿子出去玩抱回来的，基本都没活出过两年，连死法都惊人地相似，先是好端端的就不明原因地呕吐，然后抽搐一阵后便呜呼哀哉，这年头街上也没有卖老鼠药的呀！

活着的时候我不太逗弄它们，它们知道我这个主人的存在，但因为没有得到我多少好处，便基本可以忽略。见了我顶多看一眼，然后扫视四下没有它要巴结的人，便扬长而去，连个客气的表示都没有，比人还现实。但死的时候偏偏都让我撞见，那场面既很惊悚也很扎心。虽然平时互不待见，但毕竟在从属关系上有着关联，不能视而不见。看着一个鲜活的生命在面前呻吟着挣扎着，眼神中满是绝望和无助，以及对生的无限渴望，而我除了惋惜和束手无策，还慌乱无助，也只能眼睁睁看着它死掉。

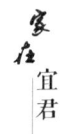

多少次几乎是命令式地告诫儿子，以后再不许收养小狗狗，抱回来也要扔掉。但往往不出半年，就又有一只小东西屁颠屁颠摇着小尾巴跟在身后。儿子是亲生的，犯不着因为一只狗去找不愉快，养就养着吧，又不缺那一点粮食，培养孩子的爱心和耐心，做一件事能善始善终也是好事，以后老了能像对狗这样对我，也是善莫大焉！

小白和儿子很亲，儿子在家时便有些肆无忌惮，但儿子一上学，它没了势，就很落寞。卧在一边佯装睡觉，其实是眯着眼偷偷看你的一举一动。你吃东西它眼睛就发亮，但知道你不会喂它，就把头歪向一边假装不在乎，停一会儿又转过来，看看你有没有喂它的意向。你盯着它看，它眼皮一抬，白你一眼，看多了让它觉得不安，就起身离开。这几天它找到了新乐子，我只要一出门，它就远远地跟着我，有多远都跟着，我走它就走，我停它也停，看见有小鸟飞过就仰着头追，追出去好远看见我走远了又气喘吁吁地奔回来。

在心里，我把它当成小孩子，喜欢它的调皮可爱，它跑远了我也担心来往的车辆会撞到它，但不会因此而召唤它，刻意亲近它。它也不会到我身边来向我献殷勤，我们就这样心照不宣、若即若离地相互陪伴着。这种相处很舒心，互相没有干扰，也没有权利和义务的负担。就像生活中有些心灵上的朋友一样，彼此交心，但互不打扰，没有俗套的枷锁，就挺好的。

怀念头发

一个人对自己的关注，多半始于头发，对自己的放弃，多半也是止于头发。

有个心理学家说过：如果有一天你发现孩子没完没了地照镜子，并且开始喜欢摆弄自己的头发，你就得注意了，这孩子有可能是早恋了。

儿子头发长了，为了省十块钱的理发费，我领他去了村里一个年长的理发师傅那里。老师傅平时为一些上了年纪的老人理发，收费五块，一把推子主要做个修修剪剪，理个光头和小平头。第一次接待小顾客，深知现在孩子的讲究，也就极其用心地为儿子理得尽量满意。

人如果不服老，给他一部智能手机就够了。老师傅用尽全力也没能够到时尚的半点麟角。一理完我就隐隐感到一丝不妙，我从儿子复古风的发型上，看到了自己四十年前的影子。

果然，儿子一路气咻咻都没用正眼看我一下。刚一进家门，便"哇"地一声大哭，冲我喊道："掏不起十五块钱吗？掏不起就别让我去理发！这咋到学校去呀！同学都要笑话死我了！"

我愕然。他才多大，就这么在乎自己的形象了吗？我十八岁以前是从没正经进过理发店的，每次头发长了，都是在父亲拙劣的理发技术，以及长达数小时的喋喋不休和像在头皮上磨刀一样的刺痛下，以"花狸猫"的面目见人的，不也照样活下来了吗？

人的头发和动物身上的羽毛是同等重要的。爱美是人也是动物的天性，锦衣玉食，衣服是放在前头的。然而当生活艰难，吃饭都成问题的时候，也就顾不上打扮了。想想我们的老辈们，衣服有得穿，没有破洞开缝、能御寒、能遮住屁股就算得"锦衣"了，颜色款式什么的更是浮云，饿极了的时候，谁还会在乎手里的馍是黑的还是白的，肉是肥的还是瘦的？

唯一不用花钱就能捯饬的头发，也只有少数人在乎，多数人，洗一洗都是对头发的奢侈。

头发不知道世事的艰难，人越是穷困潦倒的时候，越是觉得它长得比啥都快。肚子里一点油水没有，它却富得流油，越长越油，越油越长，你越不搭理它，它越是狂得像要爆裂，要上天，还要招惹些尘土、柴草、树叶、虱子为伴。

顶一头又脏又长的油发，唯一的好处是省了买帽子头巾的开销，越长越脏风吹不透，雨浇不着，防水保温效果极佳，还能防砸防磕，兼具着安全头盔的作用。

脸是门面，头发是门面的顶，顶处理不好门面是要遭殃的。人过得顺不顺心要看头发是不是平顺光亮。只要生活按部就班，早起先洗头脸，让头发先顺起来，人就显得倍儿精神。一个人如果以蓬头垢面示人，那铁定是遇到了难处。人遇到难处的时候会抓头发，就像女人生气了会扔枕头，所以头发也被叫作"烦恼丝"。头发是自头皮里钻出的，从脑袋里来，应知脑袋事，密切接触者，路过也有罪，视为同党，不抓你抓谁。脸皮又不能抓，太疼，还容易破相，更容易被人误以为遭到家暴。

现在的人衣食无忧反而觉得烦恼多，没有艰难时候的人单纯、容易满足。恼了就疯狂地拽头发，拽乱了又怕人笑话，又去洗，一来二去，就让脑袋进水了。

人是有自尊的，头发也有，怒发冲冠，冲冠的不一定是怒气，也可能是头发。是头发在提醒你，头发长了，就该理理了！

女娃的头发因为是要留的，长得再长一根头绳便可搞定。男娃不行，男娃匪，好高上低下，头发一长，像个毛织的棉帽子扣在头顶，一动就出汗，到人前一股馊味儿，还出眼害疮的容易上火。往下捋遮眉苦眼，挡视线。往上捋凉倒是凉快了，就比较揉眼，像顶个移动的鸟窝。

无论长短，脏净与否，习惯是最可怕的。小孩子总是护头，畏于剃刀的寒碜，再长也不计较。大人看不得，拿了家长的架势威逼着要剃掉。剃头是最原始、最野蛮的理发方式。剃刀也不是谁都能使得了，剃好了是个圆润的"光葫芦"，剃不好不但不雅观，还会弄出事故。

现在的年轻人只知道男娃被叫作"光葫芦"，却不知道这来由的刀光剑影里那些胆战心惊、痛哭流涕的悲惨时光。想着法儿打扮孩子，自己却不用花心思，都交由理发店打理。理发店当然专业，且能推出各式时尚别致的造型，托尼老师也都是很柔和的人，极小心地用静音理发剪为这些小主顾们服务，却仍免不了如临刑场的反抗而遭到腹诽。

身体发肤受之父母，自当爱惜呵护。十八岁走出家门之后，世界大了，也自由了，自作主张的时候也多了。一点微薄的生活费，别的地方可以不去，理发店总是要去的。而去哪家合适也是自己说了算。人太多不去，地方太偏不去，男理发师不去，看着不顺眼的也不会去。

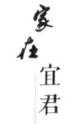

我常去的是一家叫"梦梦"的发屋。理发师是个少妇，卷发，不笑的时候比笑的时候更好看，店名也是女儿的名字。说话

声音细小，如沐春风，手脚也细小，动作也细小，兑热水、洗发、剪发，有条不紊，忙而不乱，细小白嫩的手指，温柔而力度适中的动作，浓浓的洗发水和啫喱水的味道，以及暧昧的体香，令人心醉。

店里生意不错，还招了个女学徒，挺为她高兴的。女学徒战战兢兢拿我的头练手艺，虽然有些不高兴，但能让一个愿意她好的人好，也算是对自己的好。

理发是快乐的事，不然为什么再穷过年都要理个发，杨白劳吃糠咽菜也给喜儿扯上二尺红头绳。每一次理发都似经历了一次脱胎换骨，每一次重复的程序都像是连续做着上一次的梦。出了理发店，感觉不像是少了头发那一点儿分量，而是卸掉了百斤重担，愉悦、轻松。想和人说话，想偶遇，街道熙熙攘攘，没人会注意到这无从知晓的变化和快乐，但就是快乐，就是有连街上的下水道都变得清爽了的快乐。

校园是变化最好的展示场，在这个多出半个陌生女生面孔都会引来围观和尖叫、引来演唱会一样血脉偾张的地方，一个小小的变化，就是对繁重课业负累的最好补偿。新剪的头发甩是甩不起来的，但动作要有。故意放慢进教室的脚步，在尽可能多的目光和表情里，收割虚荣心被充分满足的快乐。

现在回想起来，所谓的青春，不过就是补不完窟窿的板鞋、一次又一次被剪落的头发搭伴来的一次说走就走、说回又回不来了的旅行。

40岁以后，头发像这个星球上的植被一样不断被蚕食。额头攻城略地，发际线一高再高，裸露的地方有着和土地一样的颜色，也不缺乏阳光雨露的滋养，但就是贫瘠、荒凉得寸草不生。有经验的人说这是中年的油腻外溢，发根泡在油里，淹死了。这么就中年了？就这么中年了？

中年了，收入和头发都交给了老婆打理。一年也照不了几回镜子，看不见，头发胡子也就像长在了别人身体上。

中年了的女人最大的兴趣是管别人的事，管了小的管老的，我说这是当妈当上了瘾，或者是在提前演练着当奶奶，所以在这个年龄里女人比男人显老。

小时候的情景再现，不过已物是人非。执行者由父亲变成了老婆，钢推剪变成了电推剪，小平头变成了大光头，没变的，是如出一辙、喋喋不休的数落。

和小时候的委屈不同，现在的我倒是很享受这样的喋喋不休，低下头一声不吭任由她摆布，有时候还会睡着。睡着的时候，小时候那些母亲用纤瘦的手指穿过发间捉虱子的感觉就来了，有时候，还顺带着那个名叫"梦梦"的发屋。

顶着光头，有时候很怀念长发飘飘一甩一甩的时光。但却没了留长发的冲动，现在留了长发也能飘，也能甩，但有风险，这个年纪承受风险比承受贷款还可怕，极有可能会甩出个脑梗。长发飘飘是一段难忘的青春时光，时光是回不去的，青春也回不去，甩出了毛病躺进医院连回家都不容易。

现在流行一个词叫"放下"。对头发和形象的放弃，以及对甩出脑梗的谨慎不等同于放下。人经常说要懂得放下，其实生命不到最后，谁都不会放下。不再纠结，不再执拗，并不是真正放下了，而是根本就再拎不起来。

聚大荔

聚大荔，是一本杂志的名称。是何冬侠、王红玉、何玲、杨会俊她们"大荔文友联宜四人女子天团"（以下简称 F4）特地带来的一份特别的礼物。

大荔离宜君不算远，于我也不是很陌生，弟弟当年就是作为美术特招生在大荔师范上的学，大荔特产"108"也因此而耳熟能详。

F4 的礼物中自然也少不了这些，花馍、花生、带把肘子、黄花菜，四样，看来不是全国通行，至少也是全省通行的标准配置。

我不是个吃货，但我习惯上把食品当作理所当然的礼物。F4 是在张姐的带领下，于这个刚踏入冬月、洒满阳光的正午风尘仆仆从大荔县经宜君县城驱车赶来的。第一次见宜君以外的文友，又全是女的，这对从小和女生一说话就脸红心跳的我，在心理上是个不小的挑战。

陕 E 牌照的黑色轿车从街口驶入的时候，我就不由紧张起来。特别是女士们下车相继向我打招呼的那一刻，我的胸口像一台大功率环绕立体声音响，正在播放着的劲爆 DJ 舞曲。

媳妇被叫了"嫂子"，喜得手忙脚乱，倒水的手都是抖的。寒暄片刻之后，冬侠款款地向我和张姐展示了另外几份礼物：两幅由大荔作协副主席李跃峰老师手书的书法作品，分别是遒劲有力的"文韵人生"和"文以载道"四个大字。另一份便是这本要重点介绍的《聚大荔》杂志了。

这是一期试刊号。制作精良，即视感美轮美奂。一色儿铜版纸全彩页印刷，从冬侠手里接过来的时候，分量够重，我这双手拿起来是够费劲的。

《聚大荔》的创办主体是"大荔县聚荔融媒工作室"，总编叫武德平，机缘巧合，恰是我们张姐延安师范的校友。杂志封面是位笑容灿烂的中年汉子，据介绍是位踏实肯干的村支书。他手里拿着刚拔出来的红萝卜，那萝卜正处于旺盛生长的阶段，和汉子极具感染力的笑容搭配在一起，让人有一种不丰收都感觉没天理的舒畅。

也许是因为被沉甸甸的诚意和热情打动，又或许是被那憨厚朴实的支书的笑容吸引，送走客人之后，我就迫不及待地拿起来翻阅。首页一篇《钟楼赋》先让我为之一振。我喜欢古体诗词歌赋由来已久，但最多能祸害个把诸如《如梦令》《临江仙》《沁园春》之类的词牌，常被内行的建军揶揄，因此视能洋洋洒洒写出千字左右曲赋者为神人。

眼前这篇行文流畅、用词精当，立意深远、意境优美、气韵悠长的《钟楼赋》，平仄有致，朗朗上口。文笔之妙，古文功底之深厚，实不多见。卷首语"水深鱼聚，龙游九天"情深意笃、意气风发。内文所选作品亦是精益求精，文采飞扬。不光悦目，而且实打实地赏心。不禁感叹编辑匠心之独具、图文设计编排之精妙。

杂志本着六"聚"：聚民生、聚乡愁、聚文旅、聚美食、聚慈善。一个"聚"字也令我浮想联翩。聚者，会也。古人有诗云：诚于众心之所聚，信立天下万仞高。《管子·君臣上》中说：

"是以明君顺人心，安情性，而发于众心之所聚。"句句无不体现出"聚"的渊源和意义的深远。

细思，聚在生活中也是无所不在的，聚会，聚餐，聚焦，聚拢，招财纳宝聚宝盆，水泊梁山聚义厅；小学生写人惯用聚精会神，广场舞大妈文艺汇演喜跳《欢聚一堂》，如此等等。

聚大荔，是一种精神。聚财富，聚智慧，聚人才，聚人气；聚时代之强音，聚世界之目光。

张姐处处为我着想，她总是怕我有负担，一个人大包大揽早早安排好了大家的食宿问题。也好，女人们总有说不完的话题。热热闹闹地，她们和我挥手道别。

早早关了店门，回到家时，急性子的媳妇已经在和老爸两个人享用人家带来的花馍了，老爸牙口不好，家里的热馒头也要泡在稀饭里吃。我进来的时候，他已经啃完一个，似乎觉得还不过瘾，临走时还不忘揣走一个。这个举动让我有些意外，能让他觉得好的东西，不横挑鼻子竖挑眼的时候，真的不多。

年轻的时候，听老爸说起过大荔。言说当年和我奶从安徽逃难来陕西的时候，曾经在大荔落脚过。"大荔馍面好吃"这个结论，不单是对母亲做饭手艺暗含的不满意，也是对居无定所、食不果腹的悲苦经历，烙印一般地刻骨铭心。人的味蕾，最忠诚，最不容易欺骗。人老了，能忘了昨天吃的啥，但似乎总忘不了曾经都吃过啥，包括吃过的苦，那深刻，能带到坟墓里去，厚厚的连黄土也掩盖不住。

冬侠和我加微信一年多了，言必称是我的粉丝，这我信。她能随口说出我文章的标题和某个打动过她的句子，我都做不到。冬侠名字里有个"侠"字，侠士的侠，侠义的侠。我一直觉得女生名字用"霞"才是最正确的，用"侠"不过是为了省事少写些笔画罢了。"霞"是自带属性、自带光芒的，一看就会让人联想到诗意的、暖色调的、柔柔的霞光。

这个"侠"字用在她身上似乎便很合适,但有点感觉不对的是,五个人中四个留短发,唯她留长发。除却年龄和脸形需要,短发难道不是假小子的最爱吗?

也是,女侠不都是长发及腰、衣袂飘飘的吗?不过依她那个体格,飘起来是不现实的,也不安全。

聚大荔,是使命,也是召唤。

聚大荔,是一份热爱,是一份自信,也是一份坚守。

聚大荔,是一次和梦想有关的对话,也是一场对现实的思考。

聚大荔,从那一刻起,也成为我的一个心愿。一个和文字相关,但又不完全相关的心愿。

狗零狗碎

1

农家人养狗,最不愿意养的便是母狗。养上一只就等于养了一窝,然后又一窝接一窝不断繁衍,公狗崽还好送人或者换只鸡得个实惠,母狗崽的处境便有些惨了。

早些年农家喜欢养狗,初衷是为看家护院,尽管也没几件家当,但越是穷人家,东西越是丢不起,大到牲畜,小到一把镰刀,置办起来都是一项不小的开销。

农家养狗有放养也有拴着养的,放养的狗说是养,其实只是个归属权问题,主家只是它的一个挂靠单位,食宿基本靠自己张罗,估摸着主家开饭了蹲到饭桌旁边能混一口是一口,混不上也不恼,门里进来生人照样吼叫,吃不饱出去找,几天不见顶多被骂几句"野东西",也不会宝贝一样去找。

不过以狗的忠诚,待遇再不好也不会朝三暮四,有奶便是娘,轻易被人收买。认定一家就死心塌地跟着,吃别家的食看自己的家,不离不弃。"狗奴才"就是这么来的吧。

也不是主家啬皮,庄户人知道粮食来得不容易,吃馒头都要用手盛着渣渣,看见粮食掉到地上就像心碎掉一块似的疼。很多时候人吃饭都成问题，更不会用粮食供它一日三餐，即便有一点剩饭剩菜，也归了能卖钱的猪，偷吃猪食也是放养狗的强项。

拴养的狗待遇相对好些，毕竟是正式工，有主家免费提供的房子，吃着定时定量食物，虽然尽是些烫熟的麸皮谷糠，但总能按时按点吃到，不用担心吃了上顿没下顿，也不用冒险去偷，没尊严地去垃圾堆里刨。生病了主家还会找找兽医弄点药，吃几顿细粮，就算是死了，还会有个主家亲自挖的坑躺，一生虽平淡，但也算有始有终。唯一的缺点是没有自由，一生都交给了那条链子。

说到看家护院，拴养的狗是明哨，有个风吹草动便狂吠不止，和报警器差不多，顶多起个震慑作用，真有情况算立功，落几句奖赏，虚报警情便成了扰民，换来一顿呵斥，甚至棍棒。

真正有了盗贼，链子是个麻烦，扑得太欢也是徒劳，盗贼未必会怕，扔一个带肉的包子就被收买了，遇上狠点的弄个带毒的馒头就嗝屁了。

而放养的则是暗哨，盗贼没有防备，冷不丁蹿出来，杀伤力极强，即使不咬也吓个半死，且放养狗实战经验丰富，见多识广心理素质也过硬，战斗力也是拴养狗的几倍，警惕性也比拴养狗高，轻易不会被收买或药倒。

现时农村生活水平提高了，一般农户也不太需要养猪贴补家用，剩饭剩菜养一条狗也绰绰有余。

值钱东西多了，但养狗的人反而少了。盗贼倒不是没有，只是法制健全了，盗贼的取向也发生了变化，再好的东西拿出去也顶不了钱用，因此家里只要不放现金，大可不必担心他们光顾，狗的作用因此大打折扣。

现在的人养狗，就单纯是喜欢，流行称呼"宠物"，地位和孩子差不多，在个别家庭排名在男人之前。

但一个家庭里，不是所有人都喜欢养宠物，时间久了或者有了变数，失宠的风险便大大增加。

在失宠群体中，母狗占绝大多数。除了以牟利为目的开狗场，时间、空间以及承受力都不容忽视。

2

小白就是这个规则里的一员。初见它时，落魄、羸弱、胆小。在抱它回来的儿子眼里，它只是一只让人无比怜爱、可以陪他疯跑的小伙伴儿，但在大人眼里，它就是个不折不扣的累赘。喂食、清理倒在其次，性别因素成为我始终忧虑的一个坎儿。养就养着吧，那么小只也吃不了多少，就当为环保做点贡献了。

日子一天天过着，小白一天天长着，动物的要求不高，多少给点吃的就心满意足，像个跟屁虫似的跟着。像自家的孩子，又不必操心吃喝拉撒，热了冷了，考试上学这些琐事。

小白嘴很刁，馒头不蘸点汤汤水水的不吃，凉的饭菜不吃，剩的饭菜倒进盆里不吃，它就挑你吃饭的时候觊觎你口里的东西，那眼神，巴巴的，让你于心不忍。

这狗骨子里有种贵族气质，我时常想。但遗憾的是它并不是贵族，小姐身子丫头命。

"都是惯下的毛病，谁再给扔自己的饭，自己也别吃了，饿了看它还会不会挑三拣四。"媳妇总是呵斥道。

尽管这样，干了的馒头扔在墙角，它还是嗅嗅扭头便走开。是警惕，还是没有聚餐的氛围？只有它知道。

直到有一天，小白身边开始围起了许多大的小的、颜色各异、品种各异，直毛的、卷毛的，可爱的、丑陋的"追求者"。动物的求偶赤裸裸，不加掩饰。不堪骚扰的小白躲进屋里，这些家伙便贼头贼脑地向里面张望，更有不知死活的硬着头皮往里闯。儿子提着棍子一波波驱赶着,它们一波波地走了又来。

这样的僵持持续了一个多月终于消停了。直觉告诉我小白怀崽了。儿子却天真地以为是自己张牙舞爪的"武功"吓退了对方。

3

得知小白怀孕消息的儿子,天天追着我打听小狗什么时候出生,甚至在小白躺着的时候去摸它的肚子。

听说狗的孕期三个月,算起来时间也差不多了。但个头矮小的它加上那一身厚厚的毛,咋看也不像要生产的样子。问得烦了,便怀疑它是不是真的怀上了。怀不上最好,到时候生一窝麻烦死了。喂个母狗干嘛?还不趁早扔掉,邻居也说。

不知道多少次动过偷偷送出去的念头,送人断是行不通的,也是很可笑的。有一次我出门带着它,闲逛时它很兴奋,东瞅瞅西逛逛地到处转悠,好几次都走出了我的视线。

不如趁机一走了之。这么想着便做贼似的上了车,然后心虚地朝着它跑远的方向望了一眼。

看似疯野的它还是很警惕的,几乎是同时,它也仰起头朝着我的方向张望,眼睛瞪得老大,耳朵支棱着,那样子有些慌乱,有些迷茫,像一个找不到家的孩子一样慌张,只等那一声熟悉的召唤。

试想如果就此离开,等它玩够了,兴冲冲回头来找那个曾经让它无比信赖的人,却发现已经被无情抛弃,那该是怎样的难过?狗没有人那么复杂,它只会以为是自己的贪玩,把主人跟丢了,而不会想到是被遗弃,在陌生的环境里流浪,肯定会遭到人驱赶甚至殴打,还会被其他流浪狗欺负,在它遭受不幸、奄奄一息的时候,它会不会急切地盼望着我出现,我的出现是会让它欣喜若狂还是无动于衷？

信赖是一份荣耀，也是一份责任，我有必要将做人的诚信输给一只狗吗？几乎是没有犹豫地下了车，满心情愿地接受它的迎面一扑。

4

春分的前一天早上，一家人围坐一起吃着饭。掉了菜渣，自然又想起了清扫工小白。儿子习惯性地开门去唤，半天也没有回应。

收拾碗筷的时候，床底下发出了一阵阵的"吱吱"声。

有老鼠！

不，像猫！

……

下小狗崽了！三个人几乎是异口同声地喊出了答案。

床底下黑咕隆咚伸手不见五指，但隐约能看见躺着的小白在不停地动。

儿子跑去拿来了手电。光影所及之处的景象惊呆了所有人。小白身下全是水，洇了一大片。一只白色的浑身湿漉漉的小狗崽正在努力地把头往小白身上拱。另一个还包在胎衣里一动不动。小白用牙撕破胎衣并吃掉，然后又不停地舔掉小狗崽身上的黏液。

在大约20分钟时间里，小白一共诞下两母一公共三只小狗崽。第二个一生下来就一动不动，最终确定是个死胎，儿子问我怎么办，我说看看小白什么反应吧！现在去抓可能有危险。

两个活着的小狗崽在冰冷的地板上瑟瑟发抖，小白一会儿舔舔这个，一会儿舔舔那个，不再去理会那个死胎，儿子去捉，它也没有理会。

从没见过这样的场面，所有人都很激动，也很感动。感动于抱回来还不到一年的小狗狗，做母亲时的那种老练和勇敢，感动于生命的顽强。

连生过两次孩子的老婆都表现出极大的惊讶。人生孩子，又是检查、保胎、住院待产，侍候月子，大呼小叫一大群人跟着转几个月，唯恐出点什么岔子。

最激动的还是儿子，他趴在床下全程观察了小白生产的全过程，看到小白颤抖的样子，竟不顾危险地找来编织袋，把小狗崽一个一个抓来放上去，并且还用手去抚摸小白的额头，嘴里念叨着：小白好可怜哦，一定要给它吃好的。

儿子对小白的无微不至让我和老婆都感到既惊讶又欣慰。善良是一个人最好的品质。持续一个多月的网课，让我们之间的关系已经从声嘶力竭发展到了怒目相对，就差揭竿而起了。

功课让我变得暴躁不安，也让他变得戾气十足。

我很担心这样下去的结果。

是小白，让我重新看到了他眼里温柔的光。

学习不光是课本、课堂，还有生活。懂得呵护生命的孩子，在他以后的人生中，也是加分的。

为了方便查看和照料，小白母子被安排躺在墙角的柴火堆上。老婆端来早上喝剩下的鸡蛋拌汤。也许是生产的疼痛还没有过去，抑或是初为人母的慌乱迫使它一刻也不敢离开。小白草草舔食几口，便转身又去了狗窝，在两个不断"吱吱"叫着的小东西身边轻轻躺下。

第一个夜晚注定难以入眠。除了兴奋和新奇，还有来自小狗崽婴儿般叫声的滋扰。

5

三月的夜,寒意犹盛。

睡到半夜,滋扰声吵得人实在无法入睡,我让儿子找来一块布片,下床去像被子那样给它们盖上,小白眼皮耷拉着,头脸上的毛乱蓬蓬的,很憔悴,眼圈眼球出奇的黑,眼神里没有了以前的晶莹光泽,对儿子的举动表现得有一搭没一搭。

一整天,小白只出去了一趟,其余时间就静静地躺着,半闭着眼睛任凭两个小东西不停地在肚皮上拱啊拱,隔一会儿又爱怜地伸出舌头舔一舔它们的皮毛。我在一边看它的时候,它懒懒地抬起眼皮瞅我一眼,疲惫中夹杂着无奈。

一个上午的生育结束了它的童贞,从一个活蹦乱跳的小萌宠瞬间蜕变为母亲,不知道它的心情是兴奋的还是沮丧的,情愿的还是被迫的,对那些快活之后就悄然离开的肇事者,是感激的,还是怨恨的。

小白不知道,还没等到出生,他的一儿一女已经被我们许给了别人。我努力不去想那个骨肉分离的悲惨场景。从归顺人类那天起,人类世界就已经为它们制定好了规则,失去彼此,于它们未必是祸。

这个世界,善和恶有时候不是绝对的,因此也未必都是对立的。

（作者：张丹）

搭车记

作为一个土生土长的宜君人，写写自己的家乡非常有必要。前边写了不少关于宜君的文章，大多数是自己心里的真实感受，有一部分则是为了不被人背后骂没良心，说的冠冕话。

说实在话，我不是个嫌贫爱富的人，对1990年前后的宜君，实在说不出什么好来。

拿出门来说吧，那些年出门时间比较多，出门搭车客运站总该有吧？班车总该有吧？实际情况是：真没有！

我在洛川的时候，就羡慕人家县城的车站非常正规，坐车到车站提前买票，坐票是坐票，站票是站票，到点就可以走，没到点可以去逛，去找朋友吹牛皮。不论乘客多少，凭票就可以像个大爷一样气昂昂地坐自己的座位，不和人争论先来后到。

宜君就不是这样子了。记得1990年的时候，我过完中秋节返校，我妈害怕冬天把我冻着了，叫我去把羊毛毡拿上。那时候搭车得步行五里路到郭寨路口，搭从白水县上来的车去宜君，而且一天只有一趟，必须赶七点之前赶到，否则就要等到第二天。

印象中那趟车经常人满为患，进入宜君境内基本上就没座了，想想也是，毕竟车是人家白水县买的。

车上那些座位，我的屁股一回都没挨过，有座的人像神仙，坐着打瞌睡，估计做梦都能笑出声来。没座的人像罪人，傻愣愣站在过道，特别是离车门近的人，每当有人下车就遭了殃，得先下车让道，下完人又上。要是懒得下车，那你得会气功：挺胸收腹深呼吸，踮起脚尖往后挤。倘若遇上个胖子或者抱娃的，是练功的绝佳时机；倘若你是个胖子，而且功夫练得不到位，非把你挤出内伤不可。

我背着羊毛毡嘀哩耷拉赶到郭寨路口，还好没多长时间车就来了，车门一打开，我的个娘啊！就像揭开了饺子锅。下车的人像逃命似的往出冒，站在地上长出一口气，又是揉胳膊又是搓腿。上的人迫不及待地一个推着一个上，这时间谁的力气大谁就是王，我力气小不敢凑热闹，就眼睁睁看人家都上去了，我才扒住扶手往上钻。

人上去了，门却怎么也关不住，卖票的从前窗跳出来，冲着车后边站着的人喊："往后挪，往后挪！"那些人不情愿地嘴里嘟囔着："还挪哩，再挪都上到人身上去了！"售票员也不管三七二十一，像装麻袋一样用肩膀把我一扛，一只手快速把车门关上，技术很是老练。然后像一个心满意足的猎人捕获到很多猎物一样，激动地冲司机喊一声：发车！车子便像个老母鸡一样，摇摇晃晃地上路了。

那时候车少，讲究多拉快跑，人也皮实，受点罪没啥，对司机的恭敬程度不亚于自己的顶头上司。没有交警，安不安全谁也不会想那么多，出门只要能坐上车就心满意足了，不像现在的人，坐个车就把自己当大爷了，动不动就维权，拿司机和乘务员撒气，车祸也并不比那时候少。

与其说是坐车，不如说是站车，肩靠着肩，背贴着背，人与人之间没有一点空隙，更谈不上隐私。个子高的还能舒坦些，个子矮的一路只能仰着脖子看别人的下巴，要是哪个实在憋不住放个带着葱花味儿的臭屁，想捂嘴手都举不起来。

一路还有搭车的，站在路边拿着大包小包的人拼命摇手，那年头农村人不轻易出门，买一张车票恨不得把家当都带上。司机心还挺重，居然停下问看还能不能再挤一挤，遭到全车人的一致反对：再挤就把油挤出来了！

到了宜君县城，车门一打开，站着的人呼啦啦涌下车，赶紧呼吸几口新鲜空气，活动活动僵直了的双腿，然后大呼小叫着去车屁股后边拿自己的行李。

那时候的班车不像现在，把行李舱设在车的两边，舱门一开，各拿各的。而是放在车顶的货架上，其实也有好处，因为我见过有人把活羊抱上车顶拉着的，至少羊不怕被捂着，还能顺便看看风景，日后即就是挨了刀子，也不亏，也是一只有过经历的羊。

车顶很高，我爬不上去，照旧央求售票员帮我，售票员把我的羊毛毡扔下来，我急忙伸手去接，东西没接住，还被砸了个趔趄。

背上羊毛毡，在街道边找了个视线比较开阔的地方坐下来，嗓子干得要冒火，那时候没有卖的瓶装水，出了门想喝水除了进饭馆买饭吃时顺便蹭碗水喝，不然就得忍着。

那时候宜君仅有的一条街道，其实也就是210国道，上延安的下西安的班车都从这条路经过。我在街道边坐一坐站起来转一转，但眼睛始终不敢离开那个来车的方向，唯恐稍有疏忽误了车。

那天也真是悲催，倒是过来了好几辆车，前挡风玻璃上一张大三合板，用毛笔写着又黑又粗的"延安"两个大字，但是任凭我怎样招手，司机都像看不见似的呼啸而过，从侧面的玻璃窗看去，的确是拉得够满。

直到最后,我摇走了太阳,摇来了月亮,也没有摇停一辆车。我觉得我不是来搭车的,倒像是来为别人送行的,我举起的手臂已不是手臂,而是一条狗尾巴,一条流着涎水的狗的尾巴。

好在这样的状况在两三年后得到了改观,一些有开车手艺的人买了二手客车来经营,再也不用像以前那样疲于奔命了。不过,时至今日,宜君依然没有汽车站,所有的客运车都聚集在南头的一马路和二马路交汇处,让来来往往的人一目了然,也省去了许多麻烦,是不是很有个性?本来嘛,宜君就是个很个性的地方,原来是,现在也是,而且一直会是。

文字的"实惠"

1

有点特长的人,人们会说:这人有两把刷子。以前我会想:为什么是刷子,而不是铲子?放在现在就能说得通了,有本事的人存在感是很强的,都说刷存在感,刷存在感,可不是得用刷子吗?

我的写作也是从刷存在感起的头儿,从2014年入秋以后,天气一天天变冷,我的行走能力也一天天跟着下降,从店里到家的大约一百多米距离,每次每个来回,都让我走出了二万五千里长征的感觉,坚硬冰凉的水泥路也没少问候我柔弱的膝盖。

从那以后,我的活动范围就被限定在店门口的台阶以上。"垂帘几度青春老,堪锁千年白日长。"多数时候,我只能在室内像个久居深闺的怨妇一样,望着一门之隔的精彩世界自怨自艾。

花开了,麦熟了,杏黄了,叶落了,雪化了,草绿了,大自然没有因为我的退场,放慢前行的脚步,那些美好的瞬间,没有因为我的缺席,停留过一帧一率。

由于缺乏走动,朋友们都渐渐疏远了,孤独感、边缘感与日俱增。一种被抛弃被遗忘的感觉重重袭来。那段时间,我似乎已经看到了自己人生的尽头：肌力一天天减退，腿迈不动了，手臂无法抬起了，吃喝拉撒不能自理了，卧床不起了，褥疮、溃烂、骨瘦形销、有气无力，眼看着自己变成活死人，直至彻底完蛋，在众人的叹息声、家人如释重负的神情中被抬出门，在如雪片般的黄土倾覆之下，跟这个世界彻彻底底地说了拜拜。

这就是我的人生之旅了吗？我的到来，只是给一个叫"肌肉萎缩症"的东西当了一回载体，一个活标本，给医生出了个难题，给亲人留下一声叹息，给土地包了一个缺油少肉的包子，连屁股都拍不了一下就走人了，也未免也太亏了，太不公平了，我不甘心！

天无绝人之路，那一年，我读到了余秀华。写作，就这样像一道光一样进入了我的生活，驱散了盘踞在我头顶几年的阴霾，让我的世界重见了天日。虽然前路依然可以一眼望到头，但路上有了光，有了光的路，走起来不害怕，精神振奋时，还会放声歌唱。

2

写写画画坚持到了现在，是出乎意料的，我从来没有为一个爱好这么死心塌地过。在这几年里，也刷出了些存在感，刷出了些关注度。一些志同道合的人、机构时不时地来看望，让我深受感动，满足了不少虚荣心。尽管我可爱的乡亲们不论看见谁来，都将这些人和机构一锅烩地统称"残联"，对爱心礼物统称"救济"，让我哭笑不得，还不能多作解释。解释和不解释都没有多大意义，戴个贫困户的帽子，说什么爱心呀友情的都是无益，他们会坚决地认为那就是扶贫的！网络平台发表文章，方便快捷，几乎没有门槛，让普通人成熟或不成熟的写作理想得以实现。一开始的那段时间，每天看着自己的文字得到越来越多的转发和阅读，不由血脉偾张，热情高涨。由此产生的效应也接踵而来，一些熟悉的、不熟悉的人，对我在原有的身体不好、开个杂货铺、会摆弄手机、爱唱歌、爱拍个小视频这样的印象上又加了一层：这人还能写两下。网络就是一个火箭筒，说它是个宝，它可以将一头猪捧上天，让它一夜成名；说它是个祸害，它可以让一个人一瞬间身败名裂，臭名远扬。它的最大贡献，就是在最大程度上满足了人们的猎奇心理。就广场舞和抖音的风靡程度来说，它弥补了多少中老年妇女少女时代想舞不敢舞的舞蹈梦，圆了多少人爱演不敢露脸的表演梦，替多少只敢舔屏不敢说话的屌丝，喷出了窝在心底的那一股酸气啊！农村是个讲求实际的地方，想的干的都是看得见摸得着、实实在在的事情，熟人之间见面，总习惯问一句：今儿干啥了？化肥上了没有？地犁了没有？树剪了没有？玉米收了没有？今年苹果能卖多少钱？收入咋个样？我村里有找人干活儿的，一天一百五不管饭你去不去？诸如此类的话。这些问话对我来说显然是不适用的，但习惯使然，不问些实惠型的问题又再没有话说，他们对你的关切像他们的容貌一样朴实憨厚：你写这些东西，有人给钱不？自然是不会有的。说出来有的信有的不信，贫穷和狭隘会限制想象力，也会给人的三观上制造一些盲点。对不能拿等量物质衡量的事物他们是茫然的，却又习惯自以为是地"我认为"，当然，这也没有什么恶意，习惯用苦力取悦生活的人，本身是麻木的、势利的。无暇去了解，也不屑去了解，生存法则里有些约定俗成的东西已经根深蒂固，臆想和夸大是这套系统里不可修复的漏洞。

　　对于脑力劳动者，特别是对知名作家、画家、书法家、科学家，在这里受到天然的崇敬，对他们的工作和生活，无限神往，无限追捧。对他们的贡献和成绩的评价，最终都归于对收入的无限夸大，夸得越大越发显示他们的博学，没人去验证真伪，也无法验证，因为太遥远，远得像另一个世界的人，远得像天上的神仙。神仙会下苦力吗？显然不会。另一个世界的人连饭都不用吃就能活，不信？不信你上天上看去啊！这些都是支撑牛皮不被吹破的理论根据。习惯于造神，又不信神，盯的是神的口袋。神是神秘的，有距离感的，高高在上的，而一旦出现在他们身边，是他们熟知的人，神秘感消失了，会让人大失所望，神像被拉下神坛，露出泥坯来，精神世界里的神话王国就会崩塌。切！日鬼捣棒槌的，歘那闲的弄啥。舞文弄墨能过日子的，那是照月领工资的人，不然还不如腊月会上给人写写对联，过红白喜事给人当个账房先生，这都是实打实的需求，付钱收钱是有标准的，也是摆在明面上的，得了利益也得了人情世故。文章文化，有需要的人，但不会是他们，又不能顶吃喝，好的文章和好的画一样会值钱，还值的不是一点儿，用他们的话说：能吃一辈子。但怎样才算好，也说不上个一二三。文化对他们来说就是娱乐，跑几十里路看一场戏都不会嫌累，但如果说要买票，宁肯爬到房顶、树梢上看，抑或刷抖音视频，要是说到买书，断不会掏一毛钱出来。也不是偏见，农民嘛！下苦过日子是第一要务，是正事。身边有一两个爱鼓捣文艺的就是个调剂，如同饭桌上多了的一碟凉拌苦苣、槐花麦饭之类的稀荟食品，实在算不上什么宝贝，这就像在一堆红薯里刨出个带缨子的，你不过就是个萝卜。一个人身上的闪光点，是该成为他的翅膀还是包袱，取决于自身的取舍。人之所以会凡事都讲求个实惠，是因为人时时刻刻都要惠顾现实，现实只认实的不玩虚的，你一毛钱买不来它两毛的东西，没有人会超然物外。就算是在网络的虚拟环境里，也要先缴电费、缴网费、充话费，最起码也要先吃饱喝足有力气了才能操作吧。讲实惠不丢人，也不影响格局和品德，再牛的艺术家也要吃饭。任何事都有利弊，能满足需求的东西都可以称之为实惠。一个病入膏肓的人要再多钱也没用，关怀和慰藉才是他的实惠；一个贫困潦倒的人，你给他再多的安慰也抵不上一块烧饼来得实惠；一个能买得起 LV 包的人，不会认为排一个小时的队领到一盘鸡蛋是得到了实惠，同样，一个流浪汉也不会认为拿到了一个宝马车的五折优惠是得到了实惠。一个人在这个世界上能捞到的最大实惠是什么？我想，除了能凭自己的爱好愉快地生活，以及因愉悦感而带来的健康幸福之外，好像也没其他的了。

3

很欣赏余秀华说的一段话：写作是在消除差距，不是贫富差距，不是所谓的社会地位的差距，而是心理的差距，对幸福感知能力的差距。人都想获得幸福，然而衡量幸福的标准是什么？是物质多些还是精神上多些才算呢？她说：衡量幸福的标准，就是衡量一个人对庸常日子爱的方式、爱的部位。

是写作拯救的我，我现在写的每一个字，其实都是对自己的救赎。我想，只要上天还能允许我的手指在屏幕上划拉一天，我都没有让这场救赎停下来的理由。不为别的，只为每天在拥抱阳光与食物之后，还能嗅到文字的气味，只为关心关爱我的文友们的一声问候，一份期望。有文字在，就没有来自腰和屁股压痛感带来的纷扰和沮丧，就有了对抗庸常日子的胆气，对我来说，这都是实惠，都是赚到。

我的文字说不上好，但也不是很糟糕，不敢奢望它能有多强的生命力，只要网络不倒，希望能在多年后的某个时刻，还会有人能将它们翻出来看一眼，对身边的人说起：看看，这是我村人，这是我一个亲戚，这是我朋友的父亲写的，咋样？那人会不会来一句：嗯，这人还算有两把刷子！

土地，土地

楼板房、瓷砖地，手不捉锄头，脚不沾泥地，每天按时开门关门，吃饭睡觉看手机，和邻居退休老者闲聊，听门口的人八卦，黑布鞋白袜子，夏天找荫凉，冬天追太阳。终于，我过上了曾经梦寐以求的生活。

有顾客的时候少，闲坐的时候多。没人聊、手机看累了，就一个人望着天空发呆。门前是个百米左右的巷道，两层的楼房虽然算不得高，但足以遮蔽近的树木、田野，远的山峦和地平线。头顶的天空被杂乱错综的电线光缆织成一张大网，偶尔有鸟儿在上面歇脚蹦跳，拖拉机轰隆隆的机器声在这里被放大几倍，却似乎只在人的胸膛里震荡，对习惯了的它们丝毫造不成影响。那张由现代文明织就的网，网住的只有生活在它影子里的我，和我的生活。四季在这个巷道里的分别，只有雨雪和人们不断变换的着装。风在这里也只有两个方向：向上或向下，只有两种感受：凛冽或者凉爽。

单调不是方式的单一，而是一种方式长时间运行在一个轨迹上的简单如一。越是简单，越是平顺，这种单一尤为磨人。四十岁之前，日复一日跌跌撞撞地劳作，单调重复的春种秋收，父辈们弯曲的脊背、变形的手指，让年纪轻轻的我似乎一眼就望到了生命的尽头。这让我对土地，以及在土里刨食的生活无比憎恶，咬牙切齿地想要逃离农活，远离土地。当残疾的身体和不堪重负的精神要无比挣扎的时候，别人眼里带着丰收喜悦的广阔麦田，在我这里便是一眼望不到头的熬煎；堆成小山的苹果，和喷得满头满脸的农药、啃冷馍就苹果、一遍遍过手熬得昏天黑地的日子相比，几乎是用命换来的那点可怜的财富，同样让我感受不到一丝香甜。

自己干不了，孩子又不愿意干，果园被一纸合同归入别人名下那天，签完字按了手印，我在心里狠狠地骂了一句。那片给过我财富，也像块压在我心头多年的石头终于被卸了下来，轻松愉快的感觉简直无与伦比。十五年之后，世界不定是什么样子了，我还会不会看得到它回归的那天？自此，我于它只是路人，只是名义上的甲方，无形的界限让我连靠近它一次都要考虑一下会不会让别人觉得我是个有所企图的贼。

拖拉机卖掉，三轮车卖掉，打药机卖掉，我像复仇一样让那些与农事相关的器具尽快消失在我的生活里。然而在最后一件由我亲手置办的物件被人拉走的一瞬间，心里却莫名泛起一股酸楚，而且还带着些悲壮，果园不在了，就像彼时母亲的离去，注定要经历一场动荡。这种感觉与日俱增，迅速替代了刚刚有的一点点与土地决裂后的快感。人生最宝贵的反而是那些得不到的和失去的，人的劣根性也恰恰是只有当真正失去了，才能记起由它带来的好，连不好都会变成好。好几次路过那里，远远看着，昔日的美好一点点浮现，心里很不是滋味。有了足够理由和街道，和水泥地、楼房厮守的我，忽然感觉只有看着庄稼、踩着泥土才会心安，才能不再贩卖焦虑。多少次，我坐在玉米地畔边内心翻江倒海到想哭，想扑倒在泥土里洗净身上和内心的脏污。和当初截然相反的是，我突然觉得不是我抛弃了土地，而是土地抛弃了我。

我明白，生在农家，和土地打了几十年交道，自己有汗水滴在它那里，它同时也滋养了自己，土地已经像刻在骨子里、注入血液里一样，像孩子和母亲一样，虽然断了脐带，但总有东西牵连着。我所谓的快感，只是一个叛逆孩子的任性，是对无能为力的事情可笑的逃避，是一个失败者的祭奠，而不是一个胜利者的狂欢。对一个五十岁坐上轮椅的人来说，我曾经十分憎恶的生活，是正在失去的和再也回不去的时光，是连说爱憎都没有资格了的局外人。

父亲有三年多时间不再操心地里的事了。70多岁的人了，和土地相互决裂，是必然，也是无奈。以前，他曾无数次诅咒过那些没完没了的、束缚了他一辈子的农活儿，年轻时候的他也曾有过脱离农业的梦想，但太多的羁绊让他始终未能离开土地半步，到后半生，上地已经成了他生活的全部，成了戒不掉的习惯，他不善交际，也不屑和人打交道，只有不会说话的土地和无声的劳作，才能消解他的寂寞。

也就是这短短的三年工夫，父亲一下子苍老了，七十五六的年纪看上去像八十多岁的人。曾经事无巨细、看不得地里有一根杂草的人，现在连掉在院子里的柴棒也懒得捡一下。他拼命想摆脱的土地，如今和他毫无关系。他自尊又自卑，极好强爱面子，他拼命想让我摆脱土地的努力一次次失败，让他很没面子，也让他始终对我很失望，失望于我不是一个能替他分担农活的好劳力，失望于我不能按照他规划的既定路线，来主持这个家。他对孙子也很失望，失望于他们的不求上进和距离感。他对身边所有的人和事都失望，失望于没有良医良药，失望于没有人走近他，倾听他诉不完的苦衷。太多的失望叠加在一起，让他越发苍老，让他对这个世界既留恋又失望。而我固执地认为，这一切都是因为失去了土地的滋养。

可能土地也是极失望的。几千年的农耕文化里，人们对后辈的期望始终离不开"好好读书，跃出龙门"的执着理念。拼命逃离土地，似乎是每个莘莘学子的荣耀，也是他们的终生使命。在大多数人的观念里，传统农业靠天吃饭，只能解决温饱问题，农民干的事，是最原始最粗笨的事，农民也是最底层的人，没有地位，没有话语权，没有人愿意一辈子在底层挣扎，土地上产出的那点东西远远满足不了人的欲望，土地也承载不了诗和远方的野心和梦想。"90后"农村娃尚对粮食和土地有些概念，"00后"和"10后"只对袋装食品和饮料有概念，一出生，大人已经给他们在城里买了房，土地只会弄脏他们很贵的鞋子，不会让他们生出一丁点儿好感。

时至今日，八十多岁的退休老教师，我的伯父冯振西老师每天仍执着于开掘每一块可用的土地，六十年前他就有脱离土地的资格了，他也有一万个理由不需要干这个，不必这么辛苦的，很多人不理解他为什么一说到农业农活儿，眼里就满是光。

我觉得我能理解那么一点点。现代人整体困在迷茫街，已经搞不清自己真正想要的和真正需要的是什么了。一个对土地生出情结的人，和土地有一场双向奔赴，是一分耕耘一分收获的成就关系，而不是一分付出十分索取的交易关系。一个上了年岁的人，对物质和财富的追求已经没有了年轻人的狂热和明火执仗，土地和庄稼就像了他的孩子，耐心地侍弄，静静地欣赏，温柔地等待，等待每个花开，等待每次的结果，接受一次次的衰败归隐，憧憬一次次的蓬勃生发，默默地在土地博大宽阔的胸膛里享受生命轮回的乐趣，冲刷岁月印在心底的伤痕，我想，这才是他们所想要的。这样的需求，不奢华，最接近本真，更重要，土地能毫不吝惜地给到。

我属牛

我属牛，但我不牛，尽管我无时无刻不想牛气一点。

小时候懵懂，总以为属什么就是什么变的。况且我前额确确实实长了一个"旋"，别的人都说那是"牛旋"，这更加深了我的猜测。但遗憾的是这个"旋"只旋了一半，就没再继续旋下去，并不是一个完整的"旋"，或者说不是个成功的旋。

牛在传说中被老鼠占了便宜，除了老鼠狡猾，就是老牛的木和笨。在现实中，牛要干活还要挨皮鞭，一辈子给人拉苦力干活，和它沾上边，能有什么好呢？

所以我一度很讨厌自己这个属相。在我看来，上天刚刚给了我牛的忠厚、木讷、四平八稳的外形，却在还没给我牛的有力、坚韧、顽强这些内涵的时候就停下了。

有例为证。

小学阶段，我只会语文课程，对数学一窍不通，语文课上大放异彩，数学课上垂头丧气；初中时候，好不容易把数学赶上去了，又添了物理和化学；喜欢画画，初中毕业阴差阳错学了果树；当了几年老师，正当踌躇满志的时候，又赶上了国家实施"双基"；东躲西藏想当个一儿一女"活神仙"的爹，却依葫芦画瓢，又盼来个"光葫芦"；爱好挺多，却没有一样儿能做到头；

日子好了，母亲没了，时代好了，身体却不行了。冥冥中，那个命运之神手里攥着的电闸，刚刚有点光亮的时候，"咔嚓"一下就拉下去了。

更有一个来自很多人对我性格的描述：乖的时候乖得很，犟劲来了犟得很！这不就是牛的性格吗！

有一个好，必有一个坏，给我一个莫名其妙的病害着，死不了又活不欢实，又给我一个喜欢文艺的大脑，难怪人都对我说，上天关闭了你一扇门，又给你开了一扇窗。

有那个魔咒一样的东西在脑门上贴着，这辈子是逃不过了。属牛的小伙伴不少，但我仔细看过，人家前额上都没有那个旋，半拉子旋。我常常怀疑我生迟了，或者生早了，不然像拴云、学斌那样属个鼠，或者像晓文、晓峰、双成、扬顺那样属个猪，又或者像惠君那样属个虎，总之不要属这个牛，人生也就不会是现在这个样子了。

属猪的晓文都给娃娶媳妇了，呼啦啦来了一大帮同学前来贺喜。按大概率推算，今后的几年里，属猪的、属鼠的、属牛的，都将相继延续这样的热闹，相信每个除非有特殊原因不能到场的人，也都会全力以赴，不为别的，见见当年那个念念不忘的她（他），另辟一条"同学聚会"的蹊径，也未尝不是一件好事。

成长是加法，同时也是减法。有得，必然也有失。走过半生，收获了家庭财富，却要即将面临失去父母和健康。中年是人生护栏上的那根铁链，一头是长辈，一头是小辈，要想他们安稳，你必保持岿然不动，咬牙坚持。

太多的人，我不了解他（她）们的属相，用属相揣度命运，也是我自己闲得没事干扯点闲淡。我们这些人其实都有一个共同的属相："70后"。

"70后"，最后一个在封建思想禁锢下有着坚守，有着单纯青春的群体。不谈理想，不胡乱畅想未来，机会很少，选择很少。吃饭馒头咸菜，穿衣非绿即蓝，初中生活要么是学生时代的最后一站，要么是微乎其微的倒数第二站。

有本事有运气有背景的，都可以不顾虑以后；没本事没运气没背景的人，也不必顾虑，农村那么广阔的天地，还愁无所作为？大多数人接受了回家务农，然后娶妻生子，替家庭减少负担，担当家族传宗接代的使命。没有不甘，没有不平，只有服从和认命。所以相对现在的孩子来说，没有陪读（看管），没有交不完的这钱那费，没有做不完的习题，没有家长老师磨出老茧的唠叨。前排的小个子是听课写作业担当，后排的大个子是劳动、给班里或老师干个体力活、参加体育比赛的担当，只要自己不作死，不被开除，识相有眼色，不被频繁叫家长，一样会给老师同学留下好印象，混得风生水起。上学，且快乐着呢！

所以几十年后，一说起同学，除过自己整天打打闹闹的同桌和前后邻桌，无外乎两种人最受人瞩目：学习好、干了公的，学习差但闹得凶的。

这就不得不说李文军。李文军人不帅，但嘴甜，脸厚心宽胃口开，一双小眼睛能察言观色，洞悉世事，男生中的猛人，女生眼中的暖男。活得很明白，很随心，也会很累，但从表面上是看不出来的。

谢振江的变化很令人吃惊，不抽烟，席间也没喝酒，这让我这个自诩乖娃的人很汗颜。学生时代的他高个帅气，甚至有些洋气，穿上喇叭裤流里流气的样子，让我常常把他和电视画报上那些跳迪斯科的联系到一块。现在他也不留长发了，皮肤黢黑，穿着平常，以我最卑劣的判断，这都是他老婆管教有方的结果，振江老婆我认得，看着就不好惹。

张军民是个"打铃娃"（拉电铃），上学的时候看着就面老，一副憨厚的农民形象。面老的人变化得慢，现在看着反倒不老，就像那首歌里唱的：长的丑活得久，长的帅老得快。所以对自己长相不满意的人少安毋躁，岁月他老人家可能对你都没兴趣。

赵亚萍是我看了一眼又一眼，在脑海里搜索了一遍又一遍，最后才赵、赵、赵、赵……别人实在看不下去才"亚萍"出来的，人太多我没顾上问：赵亚萍，爱笑的瓜女子，你那个姻痣哪里去了？

赵延芳和我家有些老亲，对她学生时代的印象停留在一件黄亮黄亮的上衣上，现在也是很爱美的，很讲究的。

同样爱臭美的还有郝君芳，我这样说她想必她也不会怪我，因为太熟了。君芳的言谈举止有男人的果敢和干练，她能一心一意为一个目盲的丈夫付出一切，很帅，很气质，也很美！

再说说我的美女同桌焦小侠，姐们儿，上学时候我没少瞄过你严肃的表情，我坐在挨墙的那边，为了不打扰、少打扰你，让你给我让路，有时候下课我都憋着不上厕所你知道吗？

还有件事，你那时小鼻子小眼睛的，现在出落得像个大明星，让人认不出来，是怎么做到的？唱歌唱好了就行吗？那我让儿子也好好练练，看能不能长成刘德华。

张艳玲说她当过文艺委员，上课前起歌，我一点印象都没有，可能你一起歌我就睡着了，我没考上学，都怪你。

张金叶、田彩平和杨会侠都是漂亮女生，漂亮的女生大家都记得，我就不啰唆了。

郭亚丽是我老师郭向东的女儿，像个维吾尔族人。我不说她，说说我老师，郭老师教语文，很博学，在课堂上总是滔滔不绝，讲到嘴角起白沫，他很器重我，我也从来不让他失望，每次语文考试都是第一。

为了报答他，有一年清明节，轮到我家给老师管饭，我把一个白罐罐蒸馍早早藏起来,那天早上拿出来给我妈说:你今早把这馍给老师托上吃。

王小莲,哈哈,今天终于逮到你了。虽然没跟你在一个班念过书,但我知道你从上学开始就把谢拴云瞄准了。拴云家离学校最近,光凭门口的厕所产出的,取之不竭的肥料都是一笔可观的财富,加上小伙儿干活勤快、利飒,以后的日子肯定差不了,这眼光,杠杠滴!

昨天照完相,晓文就嚷嚷让我写篇文章,唉!最怕被人委以重任了。但晓文的事我是一定要写一写的,写不好也得写。

和晓文是发小,他小时候家庭有变故,父亲是个腐朽的半拉子文人,高不成低不就,好吃懒做,身体也不好,日子过得一塌糊涂。

晓文有个悍妻,这是尽人皆知的。妻子家教严,还给他生了两个儿子。凡事都有两面性,压力也是动力,晓文奋发图强,一心过日子,硬是用肩膀扛出了光景。大儿子也争气,大学毕业在西安工作,买车买房,还给他领回来了儿媳妇。从几乎白手起家到现在的家底雄厚,他怎能不张扬一回呢?

刚才和张惠君聊了几句,她说她带着娃走得早,很不好意思。我知道,她是喜欢安静的人,她是老师的女儿,可能从小就被严格管束,很少融入过这样的环境,尽管她也想多和同学聊聊过往,但人的性格是不会被外因轻易改变的。从她不多的合影照中,我看得出她的耐心只够用一两次,也不难看出她眼神中透露出的郁郁寡欢。

惠君上学时候是很刻苦的,也是优秀的,但最终还是没能如愿以偿实现梦想,还是作为老师女儿的原因吧,这种失意可能会伴随一生,她说,这是个遗憾。

遗憾是肯定的,又不是没向往过,又不是没努力过,怎么能不遗憾呢？还有什么比这更遗憾的呢？

那时候，她的肤色虽然黑了点，但清纯、阳光，不张扬，颜值也不输任何女生。

多年不见，第一次见她的照片，我就知道她不快乐，做了老板、成了富婆也是，除了她女儿说她很幸福的时候，那短暂的时刻。

好在这个时代还算是治愈的，职业多元化，信息多元化，生活多元化，个性化，人们对财富和地位的冲击在逐步减弱，不再像以前那么强烈和绝对。而随着年龄的增长，阅历的增加，生活重心的转移，该放下的终归要放下。没有遗憾，哪叫人生啊！

笨芭蕾家客厅的阳光

1

这可能是我看到的最美的阳光了，不单是因为它出现在这个冬天里。

不用猜，它一定是从摆满花花草草的那扇窗子投射进来的。这些花草很早就摆在这儿了，它们在这里组成一个错落有致、经过精心布局的小村落。邻里相处和谐融洽，没有任何冲突，有的只是你方唱罢我登场憋足了劲儿的争奇斗艳。

主人的悉心呵护，让这个房间多了温馨和爱意，坐在沙发上看那一堆有高有低、有意无意的摆置，分明就是在看一幅水粉静物画了。

人和植物相互慰藉，相互守望。主人时刻记得哪株需要换土，哪株亟待驱虫，花草用蓬勃的朝气抚慰主人的伤痛，填补寂寥的虚空。人爱花，花也爱人，花草像主人爱它们一样爱着这个家，对这个房间的熟悉可能都超过了主人，主人的钥匙放在哪儿，水杯里有没有热水，沙发上那本书放了几天，全都看在眼里，对窗户上进来的每一束光，更是可以精确到纳米级。它们会为主人尽可能留住每一缕光，每天晨光熹微，它们就竖起耳朵听阳光的脚步声，教嗦风去掀窗帘迎接。太阳，多么慈祥的老头儿，善解人意，还很调皮，总是撩拨得这些花草们前仰后合。

主人总是在安顿好它们之后才急匆匆离开。这时候，房间里就会安静得像被按了暂停键了一样，安静使它们开始迷糊，用沉睡和浓重的呼吸努力对抗宁静。这当儿，总有一只身上有斑点的猫从这儿经过，它也受不了过分的宁静，宁静使它迷糊。此刻它会隔着窗子看看、嗅嗅。它以为它嗅到的是假花的塑料味儿，冬天里哪里会有这么好看的花儿呀！不真实的感觉让它十分恍惚，假花也是花呀！它不肯走了，眯起眼，将身子蜷缩成一个毛茸茸的逗号。

花草和猫，就这样互不干涉地在窗子隔开的两个世界里，享受着阳光普照下的迷糊，迷糊也是一种境界，人有时也有这样的感受。窗子很大，装着防护网，网子被日晒雨淋，已经显得旧了，上面刷的银粉漆不再如初时那么的耀眼，阳光打上去，金属特有的那种光泽被激发出来，很兴奋的样子，在冬日里，被晒得暖暖的，谁不喜欢呢？

小区里有很多这样的窗子，从外面看都是一模一样，陌生人看这些窗子，像看一群戴同样面具的人，能把自己看傻掉。但还是会把头仰得很高去看，在这里还有什么能看的呢？窗子都关着，窗子里也会有眼睛伸出来看，但只会看更高更远的地方，谁会低头去看一个个走来走去的头顶呢？

有的窗子能得到很多阳光，而有的窗子只能得到一点儿甚至一点儿都得不到。这就不如乡下的窗子了，乡下的窗台上摆着柿子、辣椒和南瓜，窗子下堆着黄灿灿的玉米，鸟儿来啄玉米粒儿，扑棱棱飞来飞去，有时候还会撞到窗子上，咣咣响，猫儿就在旁边也猛扑，总是扑空，总是会蹬落窗台上的南瓜。

有不安装防护网的，不安装的理由有好多，觉得没用，要花钱，对别人的道德有信心，对自己的财产没信心。住得低的一家不落都装，反正阳光又进不来多少，光线和心情一样是灰扑扑的，难免会焦虑，用怀疑的眼光看那些行为不端的猫。住得高的就随便了，猫上不来，有满满的阳光，好像就够了吧。

相同的窗子，窗子里相同的结构。不同的就是里面的摆设和人了。其实各家人来这儿住之前都已经想好怎样摆置了，买的时候已经在脑子里绘好了图，那图景是很早时候就见过的，像很多年前就在这里住过好多年了的样子，这次来只是从头再来。连搬家具上楼的工人的姿势他们也都在脑里过了几遍，他们觉得一切都太熟悉不过了，包括孩子的尿布挂在哪里，老人在几点钟推开窗子对着窗外的空气咳嗽，男人用哪只手拍打玻璃上飞进来的蚊子，女人在镜子里惶恐不安地看脸上的黄褐斑，叹气的样子比鬼都吓人，等等，许多场景他们比前一晚做的梦还要记得清楚。

2

我是作为一粒尘埃看到这一切的。

我原本是游荡在乡下的一粒不起眼的尘埃，那天，几个女人从大老远的地方坐汽车满面春风来到这里（我很奇怪我想到了"满面春风"这个词，这分明是冬天啊！冬天里能有春风吗？真奇怪），说是来看一个坐轮椅的中年男人的，那个男人我知道，整天坐个轮椅咣咣当当往返于家和街道之间，夏天追荫凉，冬天撵太阳。他还爱写字，但手指软得像面条，拿不动笔，就用像面条一样的手指在手机上戳，戳一阵又放下，然后点根烟，眯起眼看一会儿天，又戳一阵子，像鸡叨米一样。

女人们跟在咣咣当当的轮椅后面来到一个农家小院，小院里的窑洞前堆着一大摞玉米，玉米上洒满了阳光，女人们都说：玉米黄灿灿的真好啊！然后扶起门帘进了窑洞，我就是这个时候跟上她们的，她们都看见了玉米，却没看见我，也没看见房檐上一闪而过的那只贼头贼脑、有着琥珀色眼球的黑猫。

那天的阳光也很美，阳光透过男人家的窗户，照得每个人都像是到了夏天一样脸红扑扑的。有阳光的日子真是好啊！这样的日子就适合开心地笑，大声地笑。笑着说着，说着笑着，笑声让阳光越发的亮，亮得让人用肉眼就能看出空气中飘浮的灰尘的直径，我被吓了一跳，脚下一滑，差点掉到旁边人的身上，心扑腾扑腾地跳。

阳光黯淡下去的时候，我迷迷糊糊跟着她们上了车。车一路走走停停，每到一个阳光还没褪去的地方，她们都要下车来拍拍照，再来一波说说笑笑，我也想笑，笑她们那么细心的人，竟然一直都没发现我，我也在她们的照片里啊！

我是被抖落的，落地的时候我摔晕了。醒来的时候，发现自己在这间房子的地板上。一只只不停移动的鞋子，把我一会儿带到书房，一会儿又被带到厨房。书房里好多书啊！看着都头疼，啥时候能看完哟。书上有我的兄弟，我喊它们，它们都不吭声，对我爱答不理的，我有些鄙视它们，落在书上了不起啊！我还落在过奔驰宝马上呢，我骄傲了吗？真是！

厨房里没有阳光，但丝毫不影响她们的说笑。我忘了，厨房不只有灶台，还是女人的舞台，厨房里的女人，浑身都发着光。

庆幸的是最终我还是落脚在了客厅。她们忙活完了，也消停着坐下来了，我松了一口气，终于可以安静地到处看了看。客厅宽敞明亮，摆的东西最多，最热闹。高的矮的，胖的瘦的，居然还有一棵树，一棵和人差不多高的树，这可是我从来没想过的。一些也不知道从哪儿弄来的树桩做的茶几和像凳子的东西摆在中间位置，刷了漆，阳光照上去特别的亮，整个客厅就数它抢眼。窗子上一道道栏杆的影子，很规则地在房间里玩起了透视变形的把戏，又像一条条被熊孩子拖着玩耍的暗色带子，拖得老长老长，哪儿都是，一直拖到了地上，人走过的时候又拖到人的身上、脸上，人的脸、衣服、茶几、地板、书、茶杯，就都像被切割过似的，变成了一条条、一块块，像要拿去煮的食材，又像涂了油彩即将要上场的演员。

她们说得最多的是读书、写文章，还说了画和音乐、乐器。她们的谈话我不太懂，我只迷恋眼前这幅被阳光渲染的画作，我知道这是上天赐予我的一份特别的礼物，这样的机会对我来说，可能就只有一次，这些年来，我经历了太多的漂泊和不确定，正如……正如这突如其来压在我头上的这条凳子腿儿。

从她们口中，我知道了这里的主人被叫作笨芭蕾，我琢磨过这个名字，笨，她自己也说过，会在请人吃饭的时候厨艺翻车，玩个高雅吃个螃蟹，结果被那些张牙舞爪的丑八怪弄得狼狈不堪，赶腊月集踩了人的鞋跟，想说声道歉的话就跟着人家满市场跑，说自己腿短开不了车，其实是胆小，也可能是真笨，但怎么和芭蕾联系到一块儿了呢？

笨的芭蕾，丑小鸭梦想着变成天鹅，也就是不服输的那股劲儿吧！

热闹了一天的她们说该走了，我再一次被一只鞋子带走。上车的时候，这只鞋一抬起，我又掉在了大街上，虽然我还没看够那个客厅的阳光，但我已经很满足了，足够在满大街兄弟们面前炫耀一阵子了。

我是一粒尘埃，我很庆幸自己没有掉落在既没有风也没有阳光的角落里，眼睁睁看着自己孤独终老，被无数灰尘积压直至死亡。我感谢阳光，感谢风，感谢那一只只踩踏过我的鞋，感谢碾压我的各种轮胎，让卷起的风把我带到各种远方，它们不经意地让我这个卑微的生命变得丰盈。不是每粒尘埃都有这样的幸运。我很怀念那个有着面条一样手指的中年男人，还有那一院玉米一样金黄的阳光，也会怀念这个小城客厅里阳光充沛、光影斑驳的冬日正午。无论明天我会飘向哪里，哪怕是草丛、泥潭，或者阴暗的水沟，我不会沉沦沮丧，不会自艾自怜，我是一粒尘埃，我从没想过要成为什么，我的生命中没有那么多可能，我只是一粒尘埃，我这样想的时候，很快乐。

父爱是座"山"

眼前的父亲老了,一反往日的骄横,不再独断专行,反而事无大小都来向我倾诉,让我有点不适应。

父亲幼年丧父,许是缺少主心骨,自小养成了争强好胜、狭隘、自私、狂躁的秉性,与邻里不睦,与亲友反目,从小到大,没听周围人说过他多少好话。

父亲命舛,七岁随母自安徽逃难至陕西,只上过三年学,识不了多少字,但头脑还算聪明,学会了木工、泥瓦工手艺,但是受性格所限,做的活计只注重结实程度,不求灵巧、美观,所以看着很笨拙。

听村里人说,父亲老家祖上也是个大户人家。后来衰败,在逃难途中,我奶奶以替人缝补皮货糊口。虽然已经没落,但父亲性格里总是有着一种傲慢,他瞧不起周围的邻里和亲戚,瞧不起母亲和她的娘家人。自始至终,也瞧不起我。

没落的父亲,年轻时候很是自恋,很注重形象,在人前总喜欢端着,不喜欢和人开玩笑,也不喜欢别人开他的玩笑,和别人的交谈,最后都归于对别人的说教。没人愿意经常受教,久而久之,便成了孤家寡人。

由于身体的缘故,我从小自卑怯懦,唯唯喏喏。我不敢看父亲的眼睛，不敢在他面前笑，也不敢轻易说话，唯恐说出什么"不入流"的话，引来父亲的嘲讽和呵斥。我怕父亲怕到深入骨髓，他的一声呵斥，让我有一种血液瞬间停止流动那样的冰凉。

没有话语权的我，在家只有默默地看墙上糊的报纸，或者一言不发地听收音机。这种安静，锻炼了我的阅读能力和记忆能力，也让我在周围一片方言的环境中，学会了普通话。我能清楚记得，我家墙上哪张报纸上有哪条新闻，能标准地读出每个字的字音，虽然从没大声说出过。

我恨过父亲，这缘于我看到的一句话，大概意思是说，一个人能对得起他孩子的标准之一，就是要爱他孩子的母亲。父亲从没正眼瞧过母亲，更谈不上爱。他把后半生的不幸，都归结于母亲。尽管，这个女人为他生育了两儿两女。

我亲耳听到过，他在母亲面前嘲笑舅舅一家，目睹过他把母亲打得满嘴是血，而且是在我拿着奖状，兴冲冲回家的时候。

我能体谅他心里的苦闷，但不能原谅他的骄横。他心气很高，向往并喜欢接近当干部的人，但时运不济，最终仍只是个庄稼汉。他渴望出人头地，却因为胆小守旧，只能拼命在自己的一亩三分地里苦刨。他干农活很"毒"，是村里人对他唯一的褒奖。他当过泥水活的大工，没几个人愿意给他当小工，因为别人受不了他干活时的玩命。他赶牛犁地，能把牛赶得在地里小跑，我估计连牛也恨他入骨了。别人干完活吃中午饭时，他才吃早饭。别人两天能干完的活，他一天就要干完，别人能找来三个帮手，一起能干完的活，他找不来帮手，就一个人干完。

我渐渐长大，他的顽固和倔强也渐渐让我变得叛逆起来。他喜欢的，就是我厌恶的，他厌恶的，我就偏喜欢。他骂我不务正业，我笑他冥顽不化。他喜欢在小辈面前端起架子，一本正经，我偏和我的儿子随意胡乱地开着玩笑，让儿子直呼我的名字。我这样,也不只是为气他,我想用这种极端的方式向他证明,家庭里的关系,并不是要靠威严来维系。

母亲去世快二十年了。在哭到已哭不出眼泪的时候,我想,这辈子我不会再为谁流泪,包括有一天父亲去世。所有和父亲有关的歌,我不会去唱,所有关于父亲的文章,我也不会去写。所有和父亲这两个字眼有关的东西,我都要绝缘。

母亲的离世,与父亲有脱不开的干系。我努力做一个与父亲有区别的人,努力让自己大度,不想在这件事上过多纠结,我觉得母亲的选择也是种解脱,是对父亲冷漠的一种不屑。父亲在母亲过世半年后,迫不及待地续了弦,我也没有反对,而且极力维系与她之间的关系。电影《芳华》里有句话:"不被善待的人,最能识别善良,也最能珍惜善良。"后妈是个苦命的女人,我和媳妇也从不难为她,待她像家人一样,但最终,还是因为父亲自身性格的原因,闹得不欢而散。

从前年开始,年过七旬的父亲,似乎一夜之间苍老了许多,没了往日骄横的气度,变得絮絮叨叨,喜欢和人诉苦,但又没人喜欢听,还爱管闲事,对孙子一如既往地"一本正经",一成不变、翻来覆去地重复着他的关爱:你穿厚些,你好好吃饭,你别胡跑,你要听话……孙子一如既往地不予理睬、扭头就跑。

人常说,日有所思,夜有所梦。步入中年的我,总是怀念和母亲独处时的快乐时光,但奇怪的是,母亲总是不能入得梦来,大多时候却是在梦中和父亲吵架。但奇怪的是,昨晚的梦,却画风突变,我竟然梦见父亲在弥留之际的情景。梦中,父亲面容憔悴,呼吸微弱,像一棵枯朽的老树,又像一片在风中飘零着的黄叶。悲凉、凄惨的景象,让一种从未有过的悲痛自我心底涌起,我号啕大哭,忘了曾经的怨恨,忘了曾经的水火不容,忘了母亲去世之后我发的毒誓,哭得痛彻心扉,哭得酣畅淋漓。那哭声中，有怜惜、惋惜、委屈，也有遗憾，有不舍。

都是至亲，我从不想厚此薄彼。我相信，父亲本身并没有恶意，我也相信，他的不厌其烦的"关心"，是诚心诚意的。我做他不喜欢的事，和他对着干，现在过得也并不差，虽然他心里有些不舒服，甚至不服气，但我相信，他心里也是很高兴的，只是不甘心放手"一家之主"的权利而已。我也曾一次次努力过，试图说服自己，努力放下这些隔阂。但始终都没有成功，不是我没勇气，也不是我没有诚意，只是这种改变，对于两个都是父亲的人来说，太难。

也许，世上的事，都因了缺憾，才能促成真正意义上的圆满。都说父爱如山，我的父亲也是座山，压在我头顶上半辈子的"山"。一直以来，我以为在有生之年，能推翻头上这座"山"，将是我人生中的一大快事。然而，眼看这座山快要倒了，我却一点儿也快乐不起来，甚至，有些悲凉。

愿天下的至亲之间只有爱，没有伤害！愿所有的亲人，不要以爱的名义，伤害爱你的人！

文人趣事多

自从喜欢上了码字，微信里便主动或被动地增加了与之相关的许多人，许多群。

1

有次和建军聊天，他发了个他微信通讯录的截图，里面我的名字前赫然出现"WY"字样，起先我并没有悟到玄机，就问了建军，他说：你猜！我平常喜欢搞些别出心裁，比如把老婆备注成"他妈的"之类。心里就有些忐忑，总是朝着段子里"SB"的方向联想，就冒出了个"乌鸦"。

发出去的那一刻我才想到了"文友"这两个字眼。

建军发了个捂嘴的表情，他以为这是我的幽默，其实是我的反应慢了一拍，而且我们经常喜欢开些不高级的玩笑，就以没正形之心度了有正形人之腹。

建军是《山城文韵》这段时间的编辑，有不少投稿人加了微信。建军心思缜密，做事有条不紊、事无巨细，是个善于归纳管理的人，很值得学习。但认识他有些迟，觉悟得有些晚，人活到这个年龄优点变不了，缺点也变不了。不轻易服谁，心里服嘴上也未必服，有些原则十头牛拉不偏，有些原则视人和场合而定，学习这事下辈子再说，这辈子还是算了吧。

2

在见到建怀本人之前，看过他写的诗歌。写得很细腻，也很动情。臆想他就是个文弱书生，敏感、矫情，不像徐志摩，也像汪国真。

事实证明了我的敏感和矫情，以及恶俗浅薄的自以为是。时代不同了，李白和杜甫有可能沦为农民工，也有可能成为大金链子小金表的暴发户，李逵和张飞也可能掩卷沉思、激扬文字。

建怀本人很实在，他那个大块头想飘起来也难。话很少，和他见面次数不少，但能记得的话像他的头发一样稀疏。语速也很快，语调弱得像他的头发一样疲软，不用十一分的注意力很难听清，但只要仔细听、认真听，能听出来基本用的书面语，言谨、不废话，说话不插队，不抢白，不温不火，不讲段子，不带荤腥，不骂人。

我读书少，能联想到的人物只有李逵、张飞和鲁达，有个帕瓦罗蒂也挺像，但人家是世界男高音，他唱破了嗓子顶多也就是个难听音。

他喜欢文学，喜欢诗歌。他说自己水平不行的时候很可爱，很真实，很符合他粗壮豪放的样貌，以及红彤彤的脸庞。他不嗜烟酒，不讲究穿戴，有一件常穿的西服，面料和款式带着20世纪90年代的记忆。如果没猜错的话，那一定是当时结婚的产物。他还喜欢戴帽子，卖农药化肥的附赠品，因为不是私人定制，只显得脑袋大。

去他的水平，去他的文学，喝醉了去KTV，人人都是麦霸、歌星，梦想面前，人人平等。一个上有老下有小、活得像头牛一样的中年农民，不过日子才是人所不齿的，能在诗书中觅得一点快乐也是会让人高看的。

在所有认识的文友中,我最希望能看到建怀成功,不为别的,只为看到他甩掉身上的重负,从此变得轻松。更为有朝一日,看他穿着合身的西服,扎上领带,站在领奖台上,该是怎样的风景。

3

相比之下,云奇就比较健谈,人也长得周正,往那儿一站,360°有型。

偏桥拔头塬,这个神奇的、能让人浮想联翩的村子,我一共认识三个人,都挺能说。三人为众,我的强迫症又犯了,如果再有拔头塬人出现,我会毫不犹豫地把一张写有"能说"的标签呼在他脸上。在我的脑海里,那里的人拔掉头,汩汩流出的不是鲜血,全是话。

能说的人除了有强大的内心支撑外,大脑里面管语言功能的神经一定很粗,词语储备量很大,而还一定像建军那样善于管理,排列有序,红灯停绿灯行,永远不会堵塞、卡壳。

和人坐在一起闲聊,如果只剩下连我在内两个人的时候,我一般选择立即离开,因为我受不了相对无言的局促与尴尬。但如果有云奇在,我一百个心宽,一千个放松,一万个置身事外。

4

谁说他眼睛小?有和平的眼睛小吗?

和平的眼睛虽然小,但人家脸大呀!你看越是大的土豆,芽眼就越小,品相好,引人注目。有那么多肉拥着,场地也不允许啊!

和平嗜酒,他写过一篇《酒说》,述说了他和酒之间的渊源。

其他的我记得不多，只记得他说第一次喝酒是因为父亲高兴，且不舍得将好酒独享，便让他尝了。他尝了，很苦，很辣，很不是滋味儿，很像他后来被逼婚时的滋味儿。

家里人强迫他，他就强迫自己的味蕾，味蕾是人体中最勇敢的器官，最喜欢干富有挑战性的事，它恋上的东西，很难再甩脱，纵然虐它千百遍，它也待你如初恋。

味蕾不好惹，惹了就会胖成土豆，眼睛不小才怪呢！

记得有次早上迟迟不见文韵更新文章，就问他，他说昨晚喝大，忘了。八点才起的床，大家调侃他：不怕被校长踢屁股么？他答：和校长一起喝的。他是管后勤的主任，不带课，而且前一天是星期天，起床晚点也无妨。

不过他说假期时候负责监管学校工程的事让我很操心，那段时间网上"新晃一中邓世平事件"正炒得沸沸扬扬，便就势和他开玩笑说：可别太轴了，小心让人给埋了！

他发了个龇牙咧嘴的表情，回复说：放心吧，我们校长是好人，把自己埋了也不会把我埋了的！

这我信，我不嗜酒，但偶尔也喝两口，能经常坐在一起小酌一杯的人，交情也差不了。至于新晃事件中的那个黑心的校长，他或许就不喝酒，只喝迷魂汤。

家在宜君

（作者：冯新刚）

深秋暖阳

晨光刚起，门外人声、农机的"嗒嗒"声就开启了混响模式。

寒露刚过，加上前几天连续下的几场小雨，晨起时天空云遮雾罩，草尖树叶上还挂着露水。站到门口，眼前到处湿漉漉的，没几分钟，被窝里带着的一点温热便散失殆尽。尽管有心理准备，但还是不免打了个寒战。

父亲从门外进来，一个劲儿喊着"冷得很，冷得很"，并不时搓着双手，急急奔火炉方向。

昨天下午，县委办的领导打电话来说，今天要帮我们收玉米，他一大早起来，去十里路之外的加油站灌些汽油，准备拉玉米用。

"天这么冷，人家会来吗？都是机关干部，能跟咱受这罪？"老父亲蹲在火炉旁不停地念叨。

"先吃饭吧，现在才刚到九点，人家从县上下来还得一会儿呢！"媳妇说道。她前阵子卖自家苹果兼务工挑苹果，膝盖骨膜发炎住了十几天院，眼前正是农忙季节，本来就缺劳力，她这一瘸一拐的样子，看着真让人头大。

一个馍还没吃完，李永强局长来了，同来的还有村支书、县委办副主任张雯、镇上的纪委李鹏书记和三个年轻女孩。

119

"吃点饭吧！"我慌忙起身打招呼。

"不了，你们赶快吃，吃完领大家进地干活！我带他们先走一步。"李局长挥挥手说完转身走了出去。

"这么几个人，就有四个女娃，我掰玉米抠一天两个手都疼得受不了，咱的娃都吃不了这苦，人家能掰多大一会儿啊！"老父亲神情有些黯淡。

"唉！人家能来都不错了，能掰多少算多少，掰些总少些么。"我说。

等我把三轮车开到地头的时候，惊讶地发现宋亮主任也在一行人当中，而且还有几个素不相识的年轻干部，数了数，连司机老焦在内，一共有十一个人呢。

农历九月的北方，早晚和中午判若两个季节。正午时分，阳光像带了刺，照得人脸灼疼灼疼的。早上还宠爱有加的外套和毛衣，在正午阳光的炙烤下秒成累赘。

每个人头上都汗津津的，但始终没有一个人说坐下来歇一会儿喝口水。我有些过意不去，喊大家歇息，得到的回应是：不用，以及此起彼伏的"咝啦咝啦"声。

人多手快，扒掉棒子的玉米秆躺倒一大片，不一会儿工夫一块地就过了半。

垄沟种植的玉米地，一沟一梁的很难走，又经过雨水多日浸泡，加上躺倒的玉米秆，着实让我的小三轮有些尴尬，尽管憋足了劲儿，还是一次次熄火。

没法子，堆吧！几个年轻点的"吭哧吭哧"一直帮我推到地头，直到上了公路。

公路上拉苹果的机子一辆接着一辆，呼啸着从身边闪过。坐在上面的人都不约而同把目光投向了玉米地，和那些忙碌着的背影。

拉第二趟的时候，媳妇问我都半晌午了，咋让人吃饭呀？就是雇人干也得管饭么！

我也犯了难，让人跑回来吃、叫到饭馆里吃似乎都不现实，肯定不会去，托些馍馍拿着吧，脏手脏脸的，人家也不习惯吃。咋办？

拿一箱泡面吧！我提议。一来相对卫生些，二来农村雇人干活都兴这个，汤汤水水的吃着也不干巴巴的。

看看时间，已将近两点，我九点多吃的那个馍让我坐着都消化完了，隔一会儿"咕噜"一下。

我不相信他们说的"不饿"，我相信他们说的坚持一下干完了再吃，就没再坚持劝说。

拉完第三趟折返的时候，老父亲在地头正准备发动三轮车，车上装了满满一车棒子。金灿灿的棒子上放着那箱泡面，连箱子都没拆。

"人呢？"我问。

"收完都走了，一个也叫不住！我拉都没拉住。"父亲说。

"多亏这些好人啊，不然你俩都不能下地，我一个人三天也掰不完，唉！就是饭不吃水也不喝怪让人难过的，没见过这么实诚的干部，我以为干一会儿就走了，掰完还帮我把车装好，三轮车推出来，这咋感谢人家么，不行你给宋主任打个电话让把人家叫到家吃个饭吗！"

"算了，人家肯定都回县上了，哪一回来留吃饭都没留住过，肯定不行。"我说。

日头已经开始西斜，"轰"一声，老父亲驾驶着三轮车，迎着那团火球驶去。

他身上的棉袄一整天都穿着，人老了，怕冷。但我知道他此刻心里是暖的，而且这一个冬天，都会是暖的。

怀念田海燕

明天就立夏了，往年的玉米都见了苗，但今年的年非比寻常，一场疫情不仅打乱了生活节奏，也打乱了季节的节奏。十多天前，我还穿着棉裤，不能在没有生火的房子里久待。中午像春天，早晚像冬天，冻人手指头。

据新闻报道，黑龙江连降大雪，这可是最美人间四月天呀！余波到宜君，冻了核桃，冻了树木和苹果的幼果，宜君县城朋友发的图片显示，一道山坡，上半部分是绿的，下半部分是黑的。

但太阳毕竟是一天天在逼近北回归线，寒潮只是个假象，只是疯狂一时的跳梁小丑，该来的热烈和明快会迟到，会早退，但不会缺席。

时间再往回倒退一周，气温猛然间就飞涨了十七度，棉裤直接换成了单裤，而大街上已经是短袖裙子凉帽加冷饮了。

突如其来的夏，没有前奏，没有铺垫，并没有带给人以自在的惊喜，而是让人感觉到，是为气候的胡作非为买了单。连续几天的高温，受益最大的却是荒草，它们不遗余力榨取掉地表仅存的一点水分，毫不掩饰地炫耀着自己旺盛的生命力。

再不整地就太晚了，和表弟说好下午去沟湾旋地，有点心急，去早了，左等右等不见人。

西舍沟湾，是最早的果园集中地。冯老师的苹果园也毁掉了，只剩了几棵还有点样子的苹果树，孤零零的，并没有拔了萝卜白菜宽展的欢喜。八十高龄的冯老师好几次说道：身体不行了，弄不了了。

绝大部分人家的树都挖掉种了玉米，不是那些再剩半截的土墙，小辈人根本不会了解这里曾经的辉煌、杂沓。

有几家的老苹果树仍然枝繁叶茂，多少给了残垣断壁的破败景象一些慰藉。本是繁忙的疏果季节，但主人已经有了新宠，对它们的照顾也少了很多。这些老树就像垂暮之年的老人，已逐渐边缘化，能干多少是多少，能活多久是多久，能保住几棵是几棵，最好是一齐死掉，挖掉了事。

公路上少有行人和车辆，这个点上，干了一上午的人，吃罢饭品一杯茶水去去燥热，或者趁屋里人涮锅的空当，头枕在炕墙上眯瞪一会儿也是件很惬意的事。偶尔有辆车经过，也把公路当了自家的去飙，根本不用去摁喇叭。那些车也就像魅影一样飘过，丝毫不会打扰这里的宁静。

没有风，天空就很安静。静静的树，静静的草，还有不远处那座静静的坟。

田海燕就躺在那里，静静地，静静地躺在那里。

不由得就想起了许多事。

田海燕在尧生上的中学，爱说笑，声还大。叫海燕的人不多，这个名字除了和高尔基有些关系之外，和远离大海的黄土高原几乎没有半毛钱关系。

和我也不同班，但奇怪的是我就记住了这个人。我想与她的大眼睛高鼻梁也没有多大关系。

在外面晃荡了几年，作为手艺人，我的用武之地落在了沟湾这片高墙树海间。

再次见到田海燕，她拉着架子车，一惊一乍地从公路上拐进果园。才知道已经成了我村的媳妇，而且初为人母。

那时候的我，不会相信以后的田海燕会成为尧生家喻户晓的人物，估计她自己也不会相信，就像那些年人们不会相信尧生的土地不再种粮食，全部要栽上苹果树一样。

但后来这些都成了事实。尧生因苹果声名大噪，田海燕也因苹果家喻户晓。

田海燕收苹果，年年都收。尧生街道当代办收苹果的人很多，男的女的都有，田海燕是最早的女代办。

人精明，有经验，说出话，能拿得住客，会在客商和果农之间周旋，关键时候能镇住场面，收苹果有这几手就够了，一般女人做不到，田海燕能，这跟她的长相姿色没有关系，跟她的言馋声大也没有必然关系。也有女代办收苹果，但遇到大问题一般会有男人出面，但田海燕不同，她把手往客商肩膀上一拍，胳膊往上一搭，三言两语搞定的样子，跟男人也差不多。

但此时她躺在那个土包里，已经一年了。这一年，花圈纸扎已经被雨淋日晒得没了样子，这一年，她的亲人也在一天天淡化着忧伤，在所有认识她的人的口里、印象里，逐渐模糊成一团影子。这一年，苹果发芽了，长叶子了，施肥了，打药了，开花了，结果了，卸袋了，上市变钱了，客商来了，走了，她不知道，也和她没有关系了。

她走的前一天还在发小视频，前一周还在侄女的婚礼上帮忙，前一个月还在苹果园里锄草，更早时候，还和王龙江在涝池拉水浇树。

世界就是个大集市，每天，每时，每刻，都有来的，有走的。世界很大，没人会记得谁来过，谁走了。一个人的到来，只会有一小部分人，一时的欢呼；同样，一个人的离去，也只有一小部分人，一时的哀叹。更多的时候，人只专注自己的事情。

和田海燕没有过多少交集，也没有说过多少话。给她交过苹果，她总给人说，你看新明外娃恓惶的，这苹果都能把人弄死。

她和我不是同一频道上的人。她活着的时候，可能头脑里不会对我有过多的印象，更不会想到我会在这里给她写这一段文字。

我甚至有些不喜欢她的刻薄、强势和世故，她的能力和缺点对我的生活没有多少帮助，也不会对我造成任何损失，但她去世的那些天，我却莫名有些伤感，这伤感来得迅速，去得缓慢，以至于看到儿子，就联想到她同龄的女儿，联想到她女儿在她出事前一天，从我门前雀跃跑过时那天真烂漫、快活得像只鸽子一般的情形。

人一生会见到很多人，遇到很多事。总有些人给你印象深刻，总有些事让你难以忘怀。

每个人来到这个世界，未必是这个世界的幸事，但每个人离去，却一定是憾事。

蓝田王尊让

认识王尊让之前,从没认真端详过"扯淡"这两个字。

扯,东拉西扯,胡扯八扯。淡,闲淡,无聊,寡味。拆开看不高雅,组合在一起更没多少正形。吹牛皮、扯闲篇,让人无不联想到一群叼着纸烟,抠着脚趾头一会儿天上一会儿地下的闲散之人围坐一起的画面。

在茫茫文海当中,这两个字组合在一起出现的频率不高,报刊里没有,致辞里没有,报告里更没有。偶尔见得一次,后面还缀了个大大的感叹号,像是憋了一肚子火,大有出了口恶气甚或吐了口浓痰一样的解气。

然而就是这么个不讨喜的"歪"东西,却有人把它生生掰正,大搞特搞,弄成类似专栏的一个"扯淡"系列,定位准确、行动迅速,由于质量过硬、受众喜欢,看势头好像还要上流水线,进行大批量生产。

没有名家力推,没有明星代言,更没有来自上边的硬性指示,这淡扯得越来越远,范围越来越广。从汤峪扯到蓝田,又从蓝田扯到西安,把一群男人女人扯了个五迷三道,有拍手称快、呐喊叫好、送鲜花掌声的,有提着土特产登门拜访的,甚至还有女粉丝激动到直言要约他看手相、谈理想的。

弄这事的能人叫王尊让，蓝田县汤峪镇人。蓝田知道吧？秦岭跟前，出玉石、出厨子的地方，还有上中学时历史书上的那个蓝田猿人，样子虽然丑，说那是我们的先人都有些不愿意，但不是哪个地方想有就有的。

我没去过蓝田，但王尊让是我认识的第一个蓝田人。说认识，其实也只是见了些照片，看照片的时候还总捎带着脑补一下书上那个"蓝田先人"。对照他文章后面"好看的皮囊千篇一律，有趣的灵魂万里挑一"那句话，说明他还是很认真照了镜子，对自己很了解的。

除了看他声名远播的扯淡系列之外，还看过他的许多小说和随笔，《王尊让这货》是最感慨的一个。

单看标题，文章就成功了一半。我也喜欢写，常常为想一个别致的标题抓耳挠腮，纠结不已，有时候内容都完结了连标题还没想好，就视能起好标题的人为神人。

生活中不乏说人"这货"的，被称"货"的人要么让人又爱又怜，要么让人又喜又怨，虽然不尽贬损，但也不全褒扬。

敢于自嘲的人不在少数，说自己"货"的，王尊让是第一个。我能想到的词只有：随和、大度、谦卑、幽默和低调，算得上是个有趣的灵魂。

文中重点说到"生日"。王尊让1967年4月1日出生，大我6岁零2天。粉丝中有称"王老师"的，有称"王哥"的，我喜欢称他"老王"，虽然素未谋面，但文字看得多了，就像住在隔壁那样的熟悉。但不希望是那个"隔壁老王"。那个"老王"已经被人玩坏了，而这个"老王"虽然也有些"蔫坏"，但再玩，也坏不了。

照片中的老王没有别人说的那么low，也没有像他开玩笑时那么的"猥琐"。眼睛是小了点，但好在真近视，糜子瞎了高粱补，有二饼子遮羞。头是秃了点，更显得有文化。这两样我巴不得有，但戴上眼镜头又晕眼又花，看啥都是一双。头发不掉就剃，结果人人都说不但看着不像文化人，反而像《乌龙山剿匪记》里那个土匪"二爷"。

阅读老王写的文字是我一日中的"第四餐"。通过阅读，我了解到老王和我一样没上过大学，为糊口干过工地，理过发，养过猪，开过小卖部，现在年纪大了还当着保安，真正是"打小卖蒸馍，啥事都经过"。感慨之余内心不免有些隐隐作痛，作为普通人，老王也想要男娃，不得不东躲西藏躲避计划生育，也得为五斗米折腰。作为农民，少得可怜的一点土地不能让他安身立命、养活一家老小，不得不在后面加上一个"工"字进城讨生活。创业过程中不但要承受市场风险，还要经受半夜打劫的惊吓。

本应拿笔的手却拿了铁锨扳手、理发剪子洋镐把把。文学是他的最爱，但却换不来车子票子房子。

他说他不是作家，这是自谦也是无奈。在中国，作家是有编制、享受政府津贴且可以此谋生的职业。老王叫什么并不重要，他并不以此为生，所以他不必要迎合谁，附和谁，受制于谁。直面现实，敢于发声，嬉笑怒骂，针砭时弊，"不煲无用的鸡汤，专写辛辣的真相"。"自信没有虚伪的文字，只有虚伪的心"是他的心声，是他向丑恶和虚伪发出的挑战书和战斗的檄文。

他就是王尊让，一个也抽烟也喝酒，站在人堆里不端着、不装深沉、直言不讳爱美女爱钱财取向正常的人，一个满身油腻但精神清爽、上班也会喝茶偷懒打瞌睡，趁领导不注意和美女群友插科打诨的人,一个不善言谈,但能用文字"扯淡"扯得让人笑着流泪的人。

他的简介里没有"著名、全国、全球、宇宙、中华、华人、省级"这些华丽的高帽子,他只是一个专事"扯淡"的人,不掺假、不虚妄、不做作,扯得酣畅淋漓,扯得风生水起。

他的朋友说他是"扯蛋",还专门挥笔题写了这两个大字送给他,我觉得这个"蛋"送给那些"著名"的人比较合适,如果他某一天被那些人拉下水了,被同化了,不敢说真话了,那就真的是"扯蛋"了。

聚会记

再次踏上洛川这片土地，是 2015 年 8 月 8 日，坐的是由"洛川职中 90 级果林班同学聚会筹委会"派来的专车，开车的是二十年没见的同宿舍的延旗。

这次的聚会得益于网络，微信群刚刚兴起，人人乐此不疲。猴精的文峰撺掇我建群，我也是好热闹，又对聚会充满了期待，就欣然应允了，只几天工夫，人数就达到了四十多，大家都很激动，毕竟二十多年没见了，隔着屏幕互相嘘寒问暖，互道珍重。

聚会是每个人的心愿，但是却没有人肯开这个口，因为大家都知道筹划这件事不容易，牵扯到联系人、选场地、设计流程、布置会场、计算费用等琐事，而且发起人需要有一定的影响力和号召力，这在一定程度上决定着事情的成败。

最终拍板定案的是巧玲，我们班公认的美女，我心中暗喜，这事就算成功一半了。果然，她此言一出，得到众同学响应，大家积极建言献策，考虑到季节因素，大家的早熟苹果即将脱袋采摘，事不宜迟，遂选定为 8 月 8 日，细心的巧玲还问我，看要不要给我找个助行工具，我想了想，啥工具也不如妻子的臂膀牢靠，而且也能解决饮食起居上的不便，便说了要带她来的要求，得到了大家的一致赞同。

接下来，紧张的筹备工作开始了，芳民的公司成了临时办公点，班长也默不作声地出现在了其中，润琴、丽娟也参与进来，每天群里都有关切的询问，也不时有新的进展消息发出，生活中有了期待的事情，心情总是美好的，总觉得时间过得有点慢。

7日这天，天气依旧燥热，妻子趁着中午的大太阳晒了一大盆热水，嘱咐我洗个澡，又翻箱倒柜找出几件长袖的、短袖的、颜色深的、浅的，薄的、厚的上衣、裤子，挨个问该穿哪个，婆娘家就是事多，我看也没看，只说干净的就行。

这一拨儿同学，对大多数人来说，都是这一辈子最后一段学生时代的记忆，除了我（宜君籍）、尚小军、尚喜林（长武籍）、鲁云芳、王文艺（富县籍）、杜伟（子洲籍）是外县的，其余都是本地土著，所以大家联系起来不是很困难。宜君、富县和洛川是近邻，找人也不成问题，但长武的两个同学距离较远，自从毕业后便少有联络，更是众人所盼望见到的，怎样联系到他们，成了摆在大伙儿面前的一道难题。

又是网络帮了大忙，以前我经常看见贴吧里有找人的信息，抱着"死马当作活马医"的态度，7月28日，我找到"长武吧"，发出了寻找长武县丁家乡丁家村（实为"胡同村"）尚小军、尚喜林二位同学的信息，并留了我的电话。接下来的几天，几乎每隔几个小时便要刷一次贴吧，其间也有回复的，都是些闲的，拿我寻开心，不免有些沮丧，觉得自己的想法有些可笑。自从智能手机兴起以来，人们都热衷于QQ、微信，哪还会有人傻乎乎去逛贴吧，更何况是40岁左右的农村人，多年没联系，也可能进了城，但以我对他俩的了解，只有0.1%的可能。

终于，在8月1日这天，有人留言指出了我写的村名上的错误，不禁喜出望外，知道真人该露面了。继而，还有一人回复说：和尚喜林是自己人，并留了一个电话号码。防人之心不可无,我小心翼翼地给这个号码发了条短信,内容义正辞严、态度诚恳,其实言外之意无非是想说:别骗我人,我是好人,我也不瓷,也别想骗我钱,我没钱,就是有钱你也妄想,我比啬皮还啬皮,蚂蚁路过都要给我留颗米!还好,长武人民没撒谎,发短信的人一口说出了我的名字,能说出这个名字的人,我都视为亲人。接下来,加微信、拉进群、回忆、调侃,狂谝到深夜,连当晚的梦,都是笑着做完的。

能找到的同学几乎都找到了,只剩下两个女同学还没找到,一个是孙卫霞,一个是韩侠侠。在这个狼多肉少的集体里,男同学找不到也就罢了,女的可真不愿落下一个,用脚趾头想都能想得出,在那个荷尔蒙喷薄的年代,哪个女生不会被深深地记在记忆的最深处?找孙卫霞的重任落在文峰肩上,据他说,他亲自开着他的"宇宙无敌、血红车身、浑身颤抖、呜呜作吼、怕人不怕狗、加油它不走、充电一小时能跑百公里"的"三轱辘",冒着"冬天想有却没有、赖到阴凉处不想走、头上开始冒汗最后冒油"的大日头,赶到孙卫霞娘家(这把年纪只能叫娘家了)问来了电话号码,至此,只剩韩侠侠一人的去向成了谜,在我以前的印象中,她就是一个谜一样的女子,小小的身影,眼神里透着忧郁。

延旗是大高个子,这是我没见到人之前,预先能想到的最肯定的样子,很健谈,有他在永远不会冷场。就是他的发型出乎了我的意料。他的车开近我面前的时候,我不知道我的小心脏是怎样颤抖着的。车是一辆浅蓝色的"桑塔纳"出租(对一个晕车的人来说,我对车一般不挑剔,只要能跑有刹车就行,甚至越烂越舒服),车里出来的是一个留着寸头、面庞黝黑的中年汉子,眼睛依然是那么小,脚刚落地就打开了话匣子,声音洪亮、笑容可掬,他说,芳民说让把他的奥迪 A6 开上来接我,势比较老,我笑说,连这桑塔纳我都没坐过几回,何况还是专车,十年前只有县长才有这待遇呢。

我们一路谈笑风生，多年不见了，自然有聊不完的话题，不知不觉进入洛川境内。透过车窗，我极力搜寻记忆中原来的风景，却一个也没找到，不是我的记忆模糊了，而是时代的发展，不因任何人的留恋而停滞不前，变化太大了。行至京兆附近，便有了快入城的激动。路边停着一辆白色轿车，延旗指着路边那个翘首观望的人说："看那是谁？"待车停稳，一个熟悉的面孔弯下腰靠上车窗。是李育锋，还是当初那个不温不火、不动声色的他。没胖也没瘦，言语不多，先递上一根"利群"，寒暄几句又继续出发。

洛川城就在眼前，和之前想象的一点儿也不一样，石家庄桥还在，深沟却不见了，一座座高楼泛着青光，在晨雾初散的上午里，像隔着一层薄纱。和以前上学时，每次从班车里望去的感觉截然不同，那时候每到此时，我心里的声音总是说，再走几分钟，拐几个弯就快到站了，我又回来了。而此时此刻，一切都是那么生疏，进城的路变成了几条，要不是有熟人，真不知该往哪儿走。

洛川的街道上熙熙攘攘的车辆和人群匆匆闪过，除了身边的延旗，没有人知道我是谁，要来干什么？没人关心他二十年来，一直魂牵梦萦着这里的一切，真想告诉他们，我知道二十年前这里都是什么、都有什么，曾经有过一个来自百里以外、十多岁的少年在这里上学、生活过，在这里度过了他人生中最宝贵的青春时光，这里曾经的一草一木、每一条巷道、每一个建筑他都是那么熟悉。他能记得每一个店铺里经营的商品，以及售货员的模样，哪一家饭馆的饭菜合自己的口味，电影院前广场的台球桌，哪一家的桌布新、杆子美，收费还不贵。然而此时，他却不知道眼前哪条路，才是通往记忆深处的，没有一个熟悉的地方能接纳他、容留他……延旗总是热情地给我一路指这指那，告诉我这里是原来的什么，那里又是新建的什么，谁谁谁住哪个小区，我忙不迭地东瞅瞅，西望望，没人能看出我一脸的茫然。

远远的，一个红色球状建筑物由远及近进入视线，延旗告诉我，这是洛川有名的地标性建筑"洛川苹果国际汇展中心"，这里就是咱们的聚集地。坐着专车，又即将出现在这种高大上的地方，去见一群不知道还能不能认得出的人，不由得心跳加速，那一瞬间，说实话像在梦中，有点飘。待到跟前时，门前的电子屏上"洛川职中90级果林班同学聚会"，一行不断滚动的字幕，才将我拉回现实。

第一个见到的人是"猴子"张永强。他手里提着个茶瓶子，眼睛瞪得像想跟谁吵架，毕竟上了年纪，能比以前稍微宽一点儿，我喊了他一声，又调了侃几句，便一同进入大厅。刚推开门就隐约听见有人说："李奇来了。"这种语气除了以前教书听学生说"老师来了"，第二次以这种方式，获得了一种满足感、存在感。

赵鹏笑得像个弥勒佛一样第一个迎上来，说他像弥勒佛不只是他那个大肚子，更是因为他有笑起来眯成一条缝的眼睛，人不论身体上有啥变化，眼睛是总不会变的，一直以来，赵鹏给我的印象，是那种集智慧与侠义、幽默于一身的人，是那种要学就能最好、不学就能最孬的人，好打架、仗义，下得一手好棋，打得一手好麻将，生活不拘小节，冬天可以不穿毛裤，一年四季脚上似乎就只穿板鞋，还经常烂帮子。

会萍和建华看起来很忙，一个登记，一个数钱，忙得不亦乐乎。会萍是我们班的学习干事，学习最刻苦最认真，也是全班唯一的一个考上西北农业大学，端上铁饭碗的。在这个复杂的集体中，能如此执着的人，为数真是不多，虽然个子小，但需仰视。

上学时她坐第一排,我坐第二排,她写的字和她的人一样规规矩矩、端端正正,说实话除了班主任的数学课我认真听了,其他老师讲课我一点都没听进去过,其余时间就只剩胡思乱想了。建华和我是同桌,是我最早熟知并且交心的朋友,有着令人羡慕的、发达健美的胸肌。他是个苦孩子,自幼丧母,父兄皆体弱多病,家境贫寒。他也是这个集体中最大的受益者。如果说会萍的成功是排他性的,那么建华则是融他性的,他在班里人缘很好,大家也都喜欢帮他,此后的就业、成家,让他的命运发生了翻天覆地的变化,记得他订婚那天,班里乌泱泱去了三十多人,在村里引起很大轰动,有了人气自然就有了靠山,加上他的自强努力,现在已是一个女儿、一双双胞胎儿子的父亲,也算是人生的赢家了。

大厅很宽敞,里面三五成堆的人,或站或坐,抽烟的、嗑瓜子的、闷头看手机的、聊到高兴哈哈大笑的,一大串名字在我头脑里闪过,只是还没来得及各就其位。一只粗糙有力的大手伸过来,伴着一声问候,一路的恍惚未定让我没反应过来,"小浪!"我俩几乎同时喊出来,"黑是黑,是本色",小浪那张脸不用化妆,永远是那么的"包公"色。又一只手伸过来,是个满头黄色卷发的女人,笑意盈盈地看着我,尽管来之前,有过弥补一下以前从没摸过女生手的想法,但幸福来得太快,还是不由让我一惊,"郭芳云!"又是一声惊呼!两个人同时笑起来。

那一年,有个电视剧火得一塌糊涂,是中国大陆第一部室内剧《渴望》,达到有史以来收视率最高峰,里面的女主角"刘慧芳"成为人们崇拜的偶像。在我的心目中,芳云就是现实版的"刘慧芳",齐耳短发、端庄秀气的脸庞,说话柔声细语,富态的样貌定是"旺夫相",言谈中得知现在生活在白水县城,幸福感像那一头蓬勃的卷发一样爆棚,此次聚会想来也是经过一番精心打扮，让同学们都感到非常惊喜，成功地吸引了人们的眼球。

面前拥过来的都是男同胞了，我也记不清接下来和谁都握了手，拍了谁的肩膀，但清楚地记得又握到了亚宁的手，这次是我主动伸出手的，说了什么已经记不清了，只记得炎炎夏日里，亚宁的手却很凉，不知道是被我的举动吓到了，还是像宝恒说的，女孩子的手本身就冬暖夏凉。宝恒说这话的时候我们才不到二十岁，正值青春年华，那时候的我们还都比较传统，除了像宝恒、芳民、建生这样的帅哥能和女生们打成一片，像我们这些屌丝，只有压抑着心中的火苗，在角落里默默羡慕的份。

被众人簇拥着找了个座位坐下，我开始端详每一个人。还好，以我摧枯拉朽势如破竹该有没有、不该有却有的霹雳无敌火爆大记性，迅速把每一个面孔与名字对上了号，红霞、巧玲、润琴、丽娟们正在舞台上忙碌，投来礼貌的、迷人的、温暖的笑容，就算打了招呼，只怪自己一念之差领了老婆来，握手的计划看来是彻底泡汤了。

鲁云芳也来了，衣着朴素、素面朝天，除了和熟悉的人说话以外，没有多少言语。和她形成鲜明对比的是另外一个红衣女士，她长发飘逸、打扮时尚，在为数不多的女生中尤为显眼，我一时竟没有对上号，还以为是会展中心工作人员，直到她到我面前摆放果盘的时候，问身边的人说，这就是李奇吧？我才猛然感觉可能是被遗忘了名字的同学，幸亏宋永春及时提醒说，这是李平，我才恍然大悟。

没认出李平最大的原因缘于那一头长发，在学校时，李平从来都是留着短发，像个"小子娃"，而且还喜欢穿军装，记得无意中曾听她说一直梦想着去当兵，无奈阻力太大，总不能实现，她的哥哥当过兵，所以她有令人羡慕的军装和军用被子可用。

杜红霞上学的时候留短发，身材匀称苗条，眼睛大得惊人，喜欢跳舞，现在想想那个年代真是挺悲催的，初中毕业除了高中没有啥学可上，如果有个幼儿教育、艺术表演啥的，肯定会让杜红霞如鱼得水，有所成就。但在当时，仅有的职业中学也是针对农业设立的专业，杜红霞和韩侠侠原来上烟草班，20世纪90年代以后，苹果产业开始兴盛，烟草种植逐渐退出历史舞台，学校及时进行整合，也许隔壁班的美女顺理成章地来到我们班。

步入中年的杜红霞今天反而留了长发，并且扎了马尾辫，齐刘海让她看上去像个小姑娘，老公胡亚亮也是同班的，据说现在在政府部门工作，因为工作原因没来参加。她俩是我们班唯一结为伉俪的一对，作为干部家属，她自然有很多空闲，加上爱跳舞，在广场舞遍地开花的年代，乐此不疲着。

巧玲今天一身黑色职业装打扮，看起来非常大气、庄重，她的美是那种干练、知性的美。在学生时代，我和她的交流还是挺多的，以她的智力和情商，考上一所高一级的学校，然后工作，按部就班地上班、结婚、生子，过上那种闲适、优雅的生活，这也是农家子弟想要跳出农村最常见的途径。但在现实中，外在因素带来的困扰，让她也成为这里的一员，多少让人有些惋惜。

丽娟递过来一张表格让我填写，我们相视一笑，我又看到了她的虎牙，但是没有像以前那样习惯性去捂嘴。她今天的装束走的是民国风，穿一件素色、带丝绸光泽的民国时期女学生那种偏襟上衣，黑色长裤，看着都很清爽。

同样忙碌张罗的还有邵润琴同学，她在这个班待的时间不长，给人印象不是很多，但我是自始至终都在，虽然没有多少言语上的交流，但我是谁呀？别的本事没有，记人记事还是很在行的，熟悉我的人都说，凭你怎么能考不上师范呢？其实我自己知道自己几斤几两，人生来啥命就啥命，正事不足邪事有余，记这些鸡零狗碎的东西还行，英语单词、数学物理公式一样记不住。

所以对每一个在班上待过的人还是清楚记得的，尤其她那个姓，是班里独一无二的。原先喜欢穿黑色蝙蝠衫，今天仍是一件黑色裙装，人很热心，总是笑嘻嘻地从头到尾帮忙。

至此，能看到的女同学被我一一瞄过，这时候，会场一阵骚动，一个戴眼镜的人被众多同学簇拥着走了进来。是我们的班主任，呵呵，该有五十多岁了吧？一点儿也不显老，依旧风度翩翩，从点烟的姿势看，烟瘾一点儿没减。他可能不知道，二十三年前，他让我登记成绩的时候，我偷拿过他办公桌上两根烟，悲催的是，等回到宿舍往出拿的时候，就只剩了一根。作为灵魂人物之一，班长智文紧随左右，热情递烟，介绍情况。同学们纷纷起身上前与老师握手问候，只留下我独自坐在一边，刚才的热闹刹那间又回归平静，身体上的不一致，久而久之演变成了思想上的懈怠，已让我习惯了这种孤独。为了避免尴尬，我努力站起身，想象老师能朝我这边走过来，然后紧紧握手，或许我还会掏出烟递上去，老师或许会接过夹在耳朵上，或许会礼节性地谦让一下，然后互相走不走心地问候几句。

老师没有朝这边来，而是被智文他们指引着走向另一边的座席。此时，大厅内音乐声骤起，正在说话和听话的人似乎瞬间都变成了听力障碍者，寒暄也从窃窃私语转变为了指手画脚，努力与震天动地的音乐声抗衡。遗憾的是，费尽周折找到的长武二尚，终究没有赶来，那个一笑起来就眯眯眼的孙卫霞也没见到。

司仪登场了，让全场立刻安静下来，司仪声音铿锵有力，振振有词，让我感觉到，此时的我们已经成了局外人，曾经那么熟悉的往事，将要由一个素不相识的人来讲述。其实，按原计划，这个开场是应该由巧玲来进行的，按她今天的装束也能看出，她是有所准备的，我不知道此刻有几个人会有一种失落感，至少我有。

司仪当然是训练有素的，在他极具煽情的一番演讲之后，芳民登场了。芳民是这个群体里目前为止事业做得最大的，成立了自己的圣嘉果业公司，让自己有了一个"周总"的名号。成功的途径有很多，有人靠读书、靠文凭，有人靠谋略和胆识，有人靠时间和机遇，有人靠关系和人脉，但能力是决定性因素。芳民确实有能力，论文化程度他不高，但论胆略和头脑，机智和口才，我们都望尘莫及。此刻他在台上展现出的，是一种淡定从容，一种掌控全场的强大气场，没有司仪的那种固定的套路，他一说话，就有了很轻松的氛围。在学校，我曾经和芳民走得还是很近的，他的乒乓球打得很棒，就经常和他一起打球。我比他大几岁，但无论是球技还是气场，都比他矮了半截。他给我报名了学校的比赛，陪我练习，鼓励我认真参赛，以我的身体素质哪有那个把握呀！整场比赛我仅仅赢了一局，对手还是畜牧班我的同乡，除了球技可能真臭以外，也不排除是为了照顾一下我这个老乡的情绪。虽然还没开始，芳民和我也能预想到结果，我很愧疚，但很感激他能给我这个机会，至少，如果现在去翻学校的档案，某年某月某日，某个乒乓球赛名单上，有着一个叫"李奇"的人参加了，尽管，只赢了一局。

班主任在热烈的掌声中上台发言，不愧是老教师，上衣口袋里装着写好的稿子，叠得方方正正，从容不迫地展读，言辞恳切、语调激昂，用司仪的话说，再给我们上一课。会萍作为同学代表也上台发言了，发言的内容很励志，很诚挚，很贴合主旋律，像极了她的奋斗历程，但这不是我关心的，任何励志性的东西都救不了我，以前是，现在也是。看着她的讲话，我脑子里在想的是，她在学校里会不会抽调皮学生的耳光，会不会被熊孩子气哭，她的孩子有没有像她那样努力。大概因为有老师和司仪、摄像在场，我看出了她的紧张，也是因为闷热，又站在强烈的舞台灯光下面，为她额头上渗出的汗滴，找了个合理的解释。

接下来的环节就热闹了，周芳民让每个人都要做自我介绍，以及自己现在的状况，刚才严肃、压抑的气氛被一声声欢笑和掌声所打破。第一个站起来的是芳云，不是因为她有个耀眼的发型，而是因为她坐的位置太对得起这个美好的环节了，在周芳民机智幽默的引导下，开了个欢乐的头，她带来的小儿子也是挺配合的，此刻正在一边爬上爬下，玩得不亦乐乎。

王成这个家伙坐在了女生们中间，也活该弄得脸红耳赤，好在心理素质好，没有被一群女人的前仰后合弄乱了阵脚，苹果代办嘛，什么场面都经过。不知怎么的，我一看到他就想起了《英雄儿女》里面的那句经典台词：向我开炮！说起来他的体格、形象，背炸药包也挺合适，也算对得起他这个大名了。鲁云芳显然是太激动，一接过话筒，冒出了并不标准的普通话，但质朴的语言掩盖了内心的紧张，在同学面前，任何的冒失都让我们觉得很可爱。前面描述过的同学请原谅我不再一一赘述。轮到许同学了，许同学本名许世英，上学时自改为"许世全"，他自己说，因为英字像女人名儿。因家住王家崭村，被同学叫了三年"崭家"，今天还带了夫人来，是一位和他体形、相貌极般配的憨厚妇女。憨憨厚厚的许同学接了父亲的班，现在也是公办教师身份，小日子有模有样的。

文峰毫无悬念地制造了又一次高潮，他说：我的家，在乞佛，一个婆娘两个卧（娃），这里的"佛"在当地念 fan 不念 fo，要想找佛寻不着。文峰在学校瘦高个儿，面相清秀，十八九岁的年纪，唇上却生出两撇小胡子，由于头脑灵活，是个老人精，爱说俏皮话，写得一手干净利落的钢笔字，自然不会缺少人气。我们两家虽然是两个县，但只隔了条洛河，直线距离不超过三十里，夸张点说，隔沟相望，有可能都能看见彼此窑背上冒出的青烟。

王忠智和安红民都来自百益乡，印象中班里来自百益的几个人，除安智杰古灵精怪以外，其余皆言语略显笨拙，性格木讷，尤其有个叫李彩霞的女生，我从没听她说过一句话。地域的差别，对生活在那里的人有着不可忽视的影响，也正应了"人杰地灵"的那句古话。最具说服力的是以王建军、王宝恒、周东林、周芳民、周建民、段俊龙、郭振海、刘建森为代表的黄章、旧县一族，这几个人无论从相貌气质，还是言谈举止上都无不透着大气与机灵。尤其宝恒，从发型到衣着，一丝不苟，整天乐呵呵的，似乎从来跟烦恼就不沾边。那时候流行一种"霹雳舞"，看着都让人热血沸腾，但能跳得好的却没有几个。宝恒算是其中一个，但凡有个晚会、联欢会啥的，必是他大放异彩的时候，灵动的舞步、活力四射的身形，不知道吸引了多少少女的心，随着动感劲爆的音乐和他的舞姿一起，飞向了小树林。

郭振海的右腿残疾，据说是上初中的时候拉架子车出砖，下坡的时候没刹住翻了，一条腿生生被压断，治疗后变得弯曲，给他此后的生活带来很大影响。狗×的高玉民今天也来了，请原谅我的粗鄙，这样说也比叫他"坏水"强，高玉民听说现在也发达了，经营运输车辆，山南海北地跑着，家里还有二十多亩果园，收入非常可观。屌丝成功逆袭，浪子总算回头，也总算没白瞎自己那个聪明的脑袋。那时候的高玉民确实坏，华而不实，好吃懒做，牛皮吹得震天响，我见过他的父亲，一个瘦小憨厚的农民，说到这家伙便气得两眼含泪。

建生是我真没想到变化最大的一个，以前的建生，就是现在流行的韩版花样美男，高挑的个子，瓜子脸蛋，小小的眼睛，单眼皮，脸部皮肤光洁，从没见长过痘痘，是标准的帅哥。如今已是膀大腰圆，脸形方阔，一幅中年人的标准形象。倒是让儿子翻了年轻时的版，只是多了一副眼镜，看起来斯斯文文的，多了些书卷气。

王会文和王建峰都是瘦子，两个人坐在一起，像没吃饱饭似的无精打采，会文是教师，从代教一直干起来的，王建峰在班里是结婚最早的，上学的第二年就订了婚。倒是周东林也不知道老婆给他每天吃的啥，肚子大得我老替他的腰带捏了一把汗。

很多人对段俊龙印象不深，是那种晒太阳只会发黄，不会变黑皮肤的人，喜欢冷幽默，我穿过他一双蓝色运动鞋，41码的，比我的39脚大了一截，但穿着就感觉很扎势，还穿过杨小浪的西服，那个年纪就是奇怪，互相借着穿，想想真是莫名其妙，我也不是特别臭美的人呀！

周建民和郝延旗可以归为一类，喜欢恶作剧，我是怕到了骨子里，这两个人喜欢一惊一乍地吓唬人，特别是我这样蔫不拉叽的，就是他俩的完美对象，也没有恶意，到你跟前猛一跺脚，一声断喝，然后满足地看着你惊愕的表情，笑着走开，正所谓年少轻狂不思敛，待到沉稳已中年。

班长晁氏智文，在众多同学中和我接触得最多，他的父亲是老教师，家庭条件优越。曾经有段时间经常去他家，他的家人待人非常和善，他不在家我也能待好几天，感觉像在自己家一样。智文很有心机，喜欢走上层路线，肚子里面有个算盘，上学时和赵鹏关系最铁，最后成功地当了赵鹏的妹夫，但他在生意上好像总是失算。2010年，他拉了一车苹果树苗放到我家，害得我和他开着我的三轮摩托，走村串乡、逢集赶市，最后赔了个一塌糊涂。

农村有句土话：山羊一跑儿，绵羊一跑儿。安智杰、杜海平、宋永春、郝延旗、赵军民、李育锋、刘建峰、杨志民、杨文峰还有我，我们都是一个宿舍的，平时也都处得好。安智杰也是百益人，人小鬼机灵、重情重义，与其他同乡人有别，后来改道上了卫生学校。多年不见，比原先大了几圈，大肚子，大背头，看着就像个腐败分子，他老婆和我在全民 K 歌里面是歌友，声音甜美，人也漂亮，一双儿女赛神仙。

  李育锋妈妈做的饭，是我自打学会蹭饭以来觉得是最好吃的。第一次去他家是 1990 年的 11 月份。星期天，我坐着学校里的大卡车去县城逛，下车的时候没抓牢，一屁股坐在地上，冰冷寒天，摔得我手心那个疼啊！还被石子儿垫了两个血窟窿，站在寒风中活像个杨白劳。这时候碰巧遇见育锋，他用自行车把我带到他家，那个周末没掏饭票，还吃了个腹满肚圆，在那个初到洛川人地两生的冬天，感受了一次家庭的温暖。

  赵民和刘建峰、宋永春都是老庙镇人，都是节俭、勤劳朴实的农家子弟，我和赵民在大冬天的宿舍里为了避寒，把两床被褥合到一块床板上，钻一个被窝过了一个温暖的冬天，他是个闲不住的人，每天下了晚自习不找点活干好像就睡不着，我也跟着掺和，几次都被班主任抓住。记不清去过他们家几次了，以前腼腆害羞的我，自打这以后脸皮逐渐厚了起来，到哪一家都能迅速和他们的家人谝到一起，蹭起饭来也变得镇静自若，心安理得。

  杨志民是我最后一个同桌，而且臭味相投，他每周来都有零花钱，而我一学期只能回家一次，零用钱几乎没有，开学时拿来的钱如数上交给在学校里当家属的姨，除了买菜票和感冒药外，平时是不会给我一毛钱的。和志民在一起蹭的是烟，九毛钱一盒带把儿的"大雁塔"，一下课便甩过来一支，我这人是很节俭的，加上吃人家的嘴短，又和文峰学得了"节省大法"——抽一半掐灭，留着下次抽。志民耿直、重情义，脾气不太好，脾气不好的人都有一脸胡茬子，志民也有，看着都扎得慌，不知道以后说媳妇会不会受影响。志民替我扛过雷,是因为打扫卫生的事。

　　我不能上早操,别人上操,我就赖床或者在校园里胡溜达,却忘了那天轮到我俩打扫教室,结果被班主任在全班狠批,本该是我发火,但我是个怂人,逆来顺受惯了。志民没忍住,和班主任大吵一架,还几乎动了手。几十年过去了,这件事一直让我很内疚,如果能重新来过,我会毫不客气、挺身而出,仗义执言、大义凛然地说一句:唉!算了,吵啥哩!

　　自我介绍结束后,司仪宣布由我发言,我也是写了稿子的。写,我并不怕,对于演讲、发言之类我有过阴影,而且面积还不小。从小我就很少在人多处讲话,数十双眼睛只要一投向我,我就像做了贼一样胆怯,在学校的时候参加过演讲,听规则说不带稿子可以加分,而且我这人,人怂货软还认死理,总觉得演讲拿稿子就好比考试作弊,于是就不知天高地厚地上台去了。开始还挺顺利,稍微有些大意。我有个习惯,写稿不按稿子来,又不喜欢生搬硬套,但心理素质不过硬,临场经验不足就容易卡壳,那次演讲,我记得当时还穿了李彬虎的一件立领棕色皮夹克,李彬虎一米八的大个子,那个皮夹克穿上像个袍子,但我就喜欢那个明星般立着领子的感觉。卡壳后的我径直走下讲台。在卡壳的那一瞬间,大冬天的,背上竟然冒出了汗。

　　这一次我没敢即兴发挥,我不想让那个丢人的场面再来个连续剧,但还是没按原稿念。本来,我是准备来搞笑的,我觉得像这种同学聚会,是应该制造些笑点的,但现场的气氛让我临时改了主意,那些事先编好的搞笑段子顺口溜,都让我掐头去了尾,有几句让我差点儿整出眼泪来。

　　会议结束后,重头戏就上来了,开吃!几张大圆桌子上,各种菜品开始往上端,我很少赴宴,所以那桌子琳琅满目的菜都是啥名儿,叫不上,没吃几口,也没记住一个,啤酒倒是喝了几杯，别人都起身去和人碰杯，我有心去凑凑热闹，想想还是算了，万一给人洒一身，浪费事小，丢人事大，就默默当一看客，看空荡荡的舞台，看一张张被酒精染红的笑脸，看被时光蹉跎了的岁月，在每个人的鬓角，按下的印记。

大厅内的灯光，明亮、温柔、安静，快乐总是让人忘记时间的存在。聚餐完毕已是晚上九点多，芳民通知接下来去苹果大酒店的KTV唱歌，于是，战场迅速转移，没喝尽兴的，吆五喝六、东倒西歪、勾肩搭背地走出大厅，毕竟是本地人，喝得再多，路还是能认得的。平生第一次进KTV，走到门口，一群十多二十岁、发型个性、装扮新潮的服务生做出欢迎、引导的姿势，我想到了我的儿子，他和他们一般大，不爱学习，也去了一家KTV打工，刚去的第一个晚上就目睹了一群醉鬼打架，好端端的一扇玻璃门被踹了个稀巴烂，干了不到一个月就跑路了，十几岁的年纪，换了好几个地方，干了好些个工种，比我这个四十多岁的爹的经历都复杂。进到里面，被里面的富丽奢华惊讶到，灯光昏暗、暧昧，娱乐本是件让人赏心悦目、身心愉悦的场所，一旦被金钱和欲望充斥，便变了味儿，要不是这次聚会，恐怕这辈子都不会来到这里。

我是很喜欢唱歌的，来都来了，就嚎几声，人很多，都处于酒精发作期，自然都很踊跃，咱也不好霸着不丢手，年龄大了，一切以面子为重。冯社平有些过度亢奋，点了一首苦情的《北郊》，还趴在大厅中间的台子上，脖子上的板筋冒得老高，声嘶力竭地唱着。

晚上，我和老婆被安排在酒店的一个房间休息，房间里有电脑、智能电视，听说一晚上一百多呢。这次聚会我是带了钱来的，但同学们说啥也不让我掏钱，让我很是过意不去。有几个同学意犹未尽，便过来我的房间闲聊，待到看表时已近凌晨两点，想想明天还要去厢寺川游玩,七点就得起床,一百多块钱的房子不睡一觉实在有些亏,就纷纷散去了。

第二天一大早,我被楼道里来来往往的脚步声和嘈杂声惊醒,窗外已经是晨阳初升。餐厅就在楼下的拐角处。下得楼来感到一丝寒意,猛然想起昨天竟然已是立秋。时光真是无情,该来的刻不容缓,该留的一纵即逝。不想,昨日的一场欢聚,竟已成了往事!

2018年8月

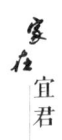

逝者如斯夫

街道摆摊的老刘死了。

老刘是个孤老头子,他从哪里来,叫什么名字,有没有老婆孩子,究竟多大年纪,就连他是不是真的姓刘,从他十几年前来街道摆小摊开始,直至那个轰然倒下的夜晚结束,一直都是个未解之谜。

尧生人不欺客,相反,本乡本土的人做生意未必愿意上门赞助,反倒是外面的人来尧生街道做生意,都喜欢往上凑,有句老话说"本地不行本地货",只要肯诚信经营,外来人一般都会在这块土地上都挣他个盆满钵溢。

老刘当年来尧生的时候,约莫五十岁出头,衣着朴素,面相和善,少言寡语,话语里带着宜君西山一带人的口音。为人低调谦和,除了出摊时间,老刘很少出现在街巷里、人堆中。

老刘"创业"之初,学校门口、集市上,一人,一自行车,一个可拆卸的铁制架子,支起之后绷几道绳子,挂些手镯、项链、钥匙扣、掏耳勺、香包之类的小玩意儿。占地方不大,移动灵活,东西不贵,时常更新,吸引些学生和妇女们,在不繁华的农村集市上也算个独门生意。

我那时候因为摆书摊,所以就和老刘有了很多碰面的机会。

也因为都是面向相同的顾客，都是小本生意，也就有了共同话题。空闲的时候常常没话找话拉呱（方言：聊天）几句，这不可避免地要问及他的个人信息。

这样的问题可能不是被我一个人问到，他也不可能会是第一次回答，我也见别人问到过同样的话。同样的话题说的多了，也就轻车熟路，每次他的回答都很简单，也不假思索，眼睛不正视对方，没有不耐烦，也没有刻意回避，只说家在云梦，孩子都成家了，平时不大回去。

不同的是，我出摊的工具是机动三轮车，来去比较便捷，而他几年如一日骑一辆二八大杠自行车，时常比别人走得早，却到得晚。有几次上五里镇那道长坡，看他吭哧吭哧推车费力的样子，有意载他一程，或者替他把货捎回去，但都被他婉言谢绝。

除了一个农民出身小摊贩的坚韧和愿意吃苦耐劳之外，我隐约感觉老刘对身边人有着很强的戒备心。是怕担人情要还，让自己微薄的收入受损失，还是不放心我这个同行，谁也说不清。

尧生街道少有外来人口长期居住，但凡有外来人做生意，也都拖家带口，目的很明确，挣钱养家，供孩子上学。而老刘实在是个例外，随着他的努力坚持，以及多年积累下的客源，他的生意也越来越有了规模，货物数量从最初的半个化肥袋到满满一三轮车，出摊工具也鸟枪换炮，从自行车到摩托车，再到后来的三轮摩托车。

糊口已经绰绰有余了。但老刘始终是很节俭的，不抽烟不喝酒，连一日三餐都是摆摊回去之后自己做。说是要养家吧，除了过春节那几天没生意可做，他对别人说的"回家"，消失不到半月以外，就从没离开过，也从来没见过一个自称亲戚的人来看过他。

一个人的行为习惯如果和周围环境相悖，就难免惹来揣测和非议。就有人说，老刘过年所谓的"回家"也是个"幌子"，他压根儿就没有家。

联想新闻里时常曝出的案件，就有人暗地里说，难不成老刘是个隐姓埋名的"逃犯"？

但在将近二十年的时间里，老刘依然平静地生活在这里，依然十几年如一日，日出而作，日落而息，做着他的买卖。没有过警察或官方的人找上门，也没有亲戚朋友嘘过寒，问过暖。

老刘死的前一天刚进了货，他的生意已经相当有规模了，进的货摆满了租住的一个大窑洞，当天还照例出了摊。但据说在半夜的时候突感不适，便给熟人打电话，让人送他去县医院。知情人说，毕竟六十多岁的人了，早前就查出过心脏方面的毛病，但不知道是心疼钱还是别的什么原因，就一直拖着没去看。

老刘走出了租住的地方，没能等到熟人来，就倒下了，倒在街道十字路口的电线杆子下面。熟人赶到的时候，已经没了呼吸，手机还亮着屏，人还保持着打电话的姿势。

老刘活着的时候，对人是有所保留的，他死后，别人也同样保留了自己的现实和顾虑。熟人抱来他的被褥替他盖上，找来他摆摊用的遮阳棚布四面围起之后，走掉了。非亲非故的，谁愿意给自己找这个麻烦呢？

第二天下午，派出所和镇上出面，雇来一个挖掘机，将被子裹着的老刘捆扎住抬上了挖掘机，拉出街道，草草埋葬。

没有鼓乐，没有哀号，没有泪眼，没有送行。人们议论着、感慨着。感慨着老刘的凄惨，感慨着那一窑洞没有卖出去的货物，感慨着猜测出来的积攒了多年，没有花出去的财富。

因为就发生在眼前，作为一个见证者，老刘的生和死似乎都与每个人相关，却又与任何人无关。老刘死了，围绕老刘的生前身后，多出了许多话题，猜想质疑者有之，同情怜悯者亦有之。

149

所谓的同情心，是看到同类不好的境遇，首先会联想到自己，是一种情感上的共鸣。草原上的动物看到同类被猛兽袭击，虽然不能每次都出手相救，但也会恐惧和愤怒。它们没有人类这么复杂的情感，但下意识里对自己的安危更加谨慎。

能想象得到，老刘的死，让很多人不自觉联想到了自己，所谓"老吾老以及人之老"，人生在世，总有老去的那一天，总是任谁都躲不掉的自然规律。

"养儿防老"在中国，不仅有着牢固的思想基础，也有着体制的土壤，一时半会儿改变不了。

老刘死了，死成了一个茶余饭后可打发无聊时间的一个话题。世界太大，关于老刘的话题，就像中美关系、猪肉涨价、卡扎菲倒台、萨达姆上绞架一样很快就会被别的话题淹没，就像吃饭掉的一个菜渣、喝酒洒掉的一滴酒，于谁既多不了什么，也少不了什么。

老刘死了，集会上无非少了一个摊位，少了一个卖小玩意儿、稀少玩意儿的老头儿。他的这个空位，很快就会被别人占据，他所经营的商品，很快就会有人替代。他的离去，给他们带去了真真切切的实惠，他们的心里，是感激，是怜念，还是窃喜？

写这些的时候，老刘离开这个人世已经快一年了。官方对他身后的财产也作了处理，上集的人们也已经淡忘了街口的那个摊位。没有任何与老刘有关的人来打探过关于他的任何消息，哪怕是为了分遗产冒充的，也没有。

这世界，有无根基的房子，但没有无根基的人。老刘曾过是谁的儿子，谁的兄弟手足，抑或是谁的父亲。他也曾在亲人热切的期盼中来到这个世上，曾被人爱，被人恨，也爱过别人，恨过别人。但一个人到底经历了什么，才能让这个世界将他抛弃、遗忘得这么彻底？

小元，白塬

先认识的小元，后认识的白塬。

白塬确切来说应该叫"白家塬"。宜君东塬有很多这样的村子，比如贺家塬、刘家塬、赵家塬，等等，都是以"姓氏+塬"的形式命名的，口语中为了省事便去掉了那个"家"字，变成了白塬。

和家喻户晓的白鹿原仅一字之差，但知名度却差了十万八千里。白鹿原火了是因为陈忠实先生的小说，而白家塬的小元，也是一个喜欢舞文弄墨、心系乡土的文化人。自担任作协领头羊以来，每天为文学事业奔走呼号，像一头老耕牛一样，在文学这块沃土上努力耕作着。他如果成功了，那白家塬火起来也不在话下。

都在东塬住，差不多的地貌，差不多的饮食和生活环境，差不多的成长经历。以五里镇为中线，他在北，我在南。五里镇书店门前都留下过我们的脚印，有可能我们还翻过同一本书，趴过同一个柜台。二月二古会饸饹摊子的条凳，有可能我们还一人坐过一头，但那时候我们没有交集，没有文字的牵引，谁也不认识谁。

宜君地方不大，不用去翻地图、挨个去跑，坐在家里听人谝，大部分村名都是有印象的。

没坐过飞机,也没有机会像鸟儿一样俯瞰这片土地,凭感觉,东塬的梁峁都是东西走向,大抵是因为东边的洛河,它是这块土地上的一条大动脉,而那些小溪小河都是奔着它去,经过几万年的流淌冲刷,把塬像切蛋糕一样分割成现在一块块、一条条。

有趣的是,从南向北的这几道梁中,带白字的颇多:白水、白沟、白河、白塬。这四个里面,白水是个县,名字里有水,让人听上去感觉就是波光潋滟、烟波浩渺的样子,实则是个水货,白水没水,和宜君一样,是实打实的旱塬。

白沟人最冤枉,单听村名就让人联想到"窝"这个词,沟里么,山圪崂,山大沟深、交通不便,让相亲的大姑娘把脑袋摇成了拨浪鼓。但其实白沟人没在沟里住,也是个塬上小村。村民也不以白姓为主,为啥叫白沟而自黑,有可能是原先就住在沟里的。

最实在的就属白塬和白河了,这一点更像宜君人。两个村的人都以白姓为主,傍河而居的便是白河,尽管河不大,水不广,但却听得见潺潺之声、赏得到流水之意、享得到涤尘滋生之福。是看得见、摸得着,真真切切、实实在在的。

我是个懒人,不喜欢花精力刨根问底、追根溯源,凭一点小聪明常识推测,白河的白姓一定是原住民,最初的先民为了生活便利择水而居,不断繁衍壮大之后,使得土地资源相对较少的川道不足以满足发展,便有一部分人上了塬,垦荒造田,构屋建舍,生息繁衍,安居乐业,才有的白塬。

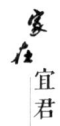

从五里镇去白塬,先到白河,跨桥越碥,于夹山之间先感受一番小桥流水人家、鸡犬相闻的景象。有方向感的人,不必敲门拦路地去问路,一般上塬的路有且只有一条,有心人自下对面坡的时候,便可略略知晓。

川道上塬的路，在现代化交通工具出现以前，是不能称之为"路"的，都是放牛羊的人和牲畜，经年累月踏出来的"羊肠小道"，像鲁迅先生说的，走的人多了，逐渐变成了"路"。这种路，陡峭、曲折，没走过的人空手走会走得手脚并用，在半山腰的猎猎山风中怀疑人生，而山民们时常还要挑柴背草、拉庄稼、扛粮包。

好在现在政府都给铺上了水泥路，农家也都有了农用机械和摩托车，上塬下塬都开着，路上除了放牛羊的，很少再见到有徒步着的行人。

白塬现属彭镇管辖，姓氏+塬命名村子的形式在这里几近泛滥。白家塬、仇家塬、赵家塬、薛家塬、武家塬扎堆连片。塬面积相对西村尧生这边不是很大，一块一块地分布着，感觉像春秋战国时代的诸侯割据，一个姓氏一个王国，一个宗族一道壁垒，有着唯我独尊、独占一方的气势，所以偏桥给人霸道的印象也就不足为奇。更夸张的是，这里还有一个叫"拔头塬"的村子，拔头塬人主姓张，没有随大流叫"张家塬"，而宜君人把个性张扬、肯出头的人叫"张"，是不是彪悍到动辄就拔人头才得的名不得而知。也有传说是因猪八戒斗妖而得此名，但不论怎样，单听名字就让人后脑勺儿发凉。

塬上好啊！土地平坦、眼界开阔、交通方便，人居环境更佳。和川道相比，植物种类更加多样，洋槐老槐、香椿臭椿、核桃树柿子树，榆树皂荚树处处林立。塬上的风大，所以这些树都像塬上的汉子一样高大魁梧，皮肤粗糙，扛风耐旱。

适宜生长的庄稼更多，小麦油菜、谷子糜子、荞麦大豆、高粱玉米比比皆是。村庄也比较集中美观，砖窑整齐划一、围墙方方正正。有围墙就有大门，在当今新时代里可能不能界定，但在旧社会，大门便是一个家庭的招牌，笆栏门只是一个界限，有槛有顶的才能叫"门楼",门楼有泥柱子、草苫顶的是一个级别,有砖和胡基混建、木梁瓦顶的一个级别,一砖到顶、雕花刻字的又是一个级别,一草一木、一砖一瓦都是主家财富的鲜明特征啊!

小元住的院子也有门楼,砖土门柱,瓦片顶,两三寸厚带大铁钉的那种木制门,看起来有些年头了。和大多数新近翻修、砖混门墙、红油漆大铁门比起来有些沧桑,甚至落魄,但可以想象,在当初新建的时候,也是很风光的,只是由于家庭变故和他没日没夜的忙碌被忽略搁置了。

小元确实忙,除了农活和乡医这两个主业以外,还涉足文化和公益慈善,这活动那学习,让他像个陀螺一样不停地转,忙得项目繁多、花样百出。

其实他大可不必这么忙。我曾不止一次问过他,但说出来就又有些后悔,每个人有每个人的初心和喜好,过多看似的"关心"其实起不了多大作用。

或许他是用"忙"来排解苦闷的吧。

小元弟兄六个,家父从刘塬招赘至白塬。从他的文章《父亲是个能行人》中可以看出,弟兄几个都秉承了父亲的刚强聪慧、能力担当。大哥润元多才多艺,喜书法绘画,能吹拉弹唱,过日子勤快,处事细致和善。平时也喜读书看报,是《山城文韵》的忠实读者,与到访的文友交谈言简意赅、思维敏捷,小元只要一提名字,就能准确说出对方的作品,记忆力丝毫不像一个六旬老者。

四哥是村里的支书,能力和人气自不必说。

小元是作协主席,平日里自然有很多应酬,来了人总得吃顿饭吧,但是他很忙,一个人也做不出来,就把客人领到大哥家,让大哥大嫂代劳。

这次去吃的是荞面饸饹，菜蔬和荞麦都是自家种的，菜新鲜，面筋道，调汁浓烈提味。特别值得一提的是菜里鲜亮夺目的那些红辣椒，称得上是今年白塬村上省报、市报新闻的一大"杰作"。

白塬村今年成立了村集体经济组织，与陕西鑫辉煌有限公司联合种植了八十多亩朝天椒，据说供货给了重庆那个"老干妈"。

"老干妈"很火，白塬为她的火也算迈出了第一步，后边就看小元的了。

老一辈传下来的手艺自不必说，色香味纯正地道，大哥说他年纪大了，农活吃不消，想在村里搞个"农家乐"，发挥一下自己的技艺，增加些收入。我觉得想法是不错的，这就又对白塬的火，添了把柴，对小元的努力，加了把劲。

来之前，最想看看八十多亩辣子堆在一起的壮观场面，和辣子留个影，幸运的话再被哪个摄影师摄进镜头，登报上电视在人前也露个脸，日后吹起牛来有根有据有底气，可以理直气壮地指给人说：看，辣子，我！我，辣子！

但遗憾的是人家已经卖了，连个辣子把把都没见上。

小元说，这有啥，咱白塬红的不光是辣子，还有柿子呀！走，到柿子树边上哥给你拍几张照。

我知道他以前拍的柿子树上过报，获过奖，让他很自豪，时不时拿出来显摆显摆。

那些照片我见过，的确很美。宜君塬上不缺柿子树，小时候没少让它磨破裤子和肉皮，也没少糟蹋青柿子。但从来觉得柿子树就是一个傻大个儿，一个黑不溜秋像穿着烂棉袄的邋遢鬼。但小元照片里的柿子树不一样。这些柿子树进了照片就忽然有了灵性。就像他的人，没有灵性的人拍不出来那么有灵性的照片。

155

在这些照片里，落光叶子的柿子树，只剩了一身红彤彤的果子，像一个个草莽汉子，从人海中站起来，抖落一身杂芜，忘情地挥起红绸水袖，在瑟缩的山峁间，舞蹈着，欢笑着，癫狂着。

这时候的塬上，万籁俱寂，一片宁静祥和。脱掉外衣的玉米，已经让阳光黯淡失色，成堆成堆簇拥在农家的小院里，除了白雪，这个冬季没有什么能与它们争辉斗艳，它们是冬天里唯一的暖色。

小元和他的哥哥们，都在为白塬的未来做着努力，尤其是小元，他大可不必忙到顾及不到自己的生活。他的这些努力可能不能带给他什么，还可能会带来嘲讽和疑惑，但他说，他喜欢做这些，总有人要做这些。

白塬有苹果，有柿子和玉米，现在又有了特色产业红辣椒。也有和小元弟兄一样，认准一个事就肯干，并且乐此不疲的人。白塬也很平凡，只是众多塬上的一个小村庄，但有了一个热爱文化、努力传播文化种子的人，就不再平凡。

小元说，上高三的儿子语文考试这次拿了第一，我替他高兴，也为这种传承高兴。小元会越来越好，白塬也会越来越好。

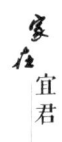

"雨落"有个姨

年纪越大，越相信缘分、宿命这些东西。

父母一辈子不和，经常吵吵闹闹。以前我曾经深深怀疑过，他们之间是否真的有缘分做夫妻。

我家的亲戚很少。小时候我只知道，和父亲一母同胞的只有一个姑姑，年轻时患上了严重的肺病，四十岁以后一直深居简出。不能劳动，不能自理，直到五十多岁病逝。

外婆家也是只有母亲和舅舅两个孩子，母亲就不用说了，身体自四十多岁以后也是一年不如一年，同样于五十多岁离开了我们。

这近乎安排的相似，由不得你不相信。这都是命。

更令人想不到的还在后头。

其实父亲还有一个哥哥，很优秀，是大学生，毕业后做了中学老师。但遗憾的是受"成分"的影响，遭遇灭顶之灾，先是急火攻心导致双目失明，后精神崩溃，妻离子散，于三十多岁的年纪离世。

母亲也有个哥哥，同样很优秀，学医后在医院工作，却不幸罹患肝癌，同样英年早逝。

巧合多了，可能就是人们常说的"缘分"吧！

经常羡慕人家有那么多七大姑八大姨的亲戚，就问母亲，我就没个姨吗？

还真就有，母亲几次说到，雨落有个姨。

雨落是个村名，字是我凭口音臆想出来的，后来我才知道，姨家其实是在洛川县杨舒乡的永乐村。因为方言的演绎，被叫成了"雨落"。

永乐村是姨父的祖籍，工作之后便很少回去了。

姨是母亲伯父的女儿，虽然不是一母同胞，但经常听母亲提起，加上姨和姨夫对外婆一家的照顾，虽然从未谋面，但感觉非常亲切。

由于相隔较远，加上风俗因素，从没想过和姨家有交集。然而，机缘巧合，此后的一段时间里，我和姨家不但有了交集，而且很深。

十七岁那年，初中毕业之后，中考失意。得知姨父在洛川职中工作，在他的安排下，我进入那所学校继续读书。

姨一家就住在学校教职工宿舍里，父亲为我办理了入学手续后回了家，从没离开过父母的我一下子跌入人地两生的陌生环境，心里有着说不出的惆怅。

姨家就成了"疗伤地"。每到周末，同学悉数回了家，姨便做了好吃的让表哥喊我去吃，替我洗衣服，并时常用家长的口吻嘱咐我，有什么事要及时来找她。

姨的娘家哥远在河南，家中除了我的大外婆，也没其他多的亲戚。作为娘家人，她对我很亲，照顾我的饮食起居甚至超过了母亲。作为报答，我努力学习，积极参加学校的各种活动，尽量让她的脸上有光。

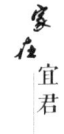

姨很健谈，甚至有些唠叨，姨父很严厉，不苟言笑。我有时候会刻意躲避，被姨发现之后会训斥我。

但经常能被一个人唠叨也是一种幸福，这种幸福感往往在失去之后才能被体会。一年多之后，姨父调离学校去了距学校几公里之外的县城工作和生活，去的机会就少了很多，让这份亲情更加珍贵。

职中毕业之后，姨父推荐我去了一个农场，那时候还没有"打工"这个名词，习惯上就是说，有了工作，领工资了。

记得有次发了工资，我买了几斤桃子去姨家，姨虽然嗔怪我乱花钱，但我知道她心里挺高兴的。从一个学生变成能自食其力的大小伙子，也不枉她的一番苦心。

时代的变化在那几年来得让人猝不及防，很多事让人很无奈。在农场干了几年之后，由于各种原因，我不得不返回家中务农，人生也第一次还没等到升起，便跌进了低谷。

那时候的交通和通信都不太便利，说实话有段时间我对姨父表现出的无奈很不理解，也有怨气，很长一段时间，我再也没有和姨家联系过。生活的艰难让人在忙忙碌碌中丢失了很多，包括这份亲情。

经常也会回想起那段生活，想起姨，不止一次想去看看，但生活的不如意和心结让这个行程一拖再拖，总不能成行。

一晃二十多年就过去了。去年，舅舅说他去洛川看了姨，带回来的消息是：姨中风失语且痴呆了。

手机照片里的姨头发苍白、面色苍老、目光呆滞、衣着松垮，全然没有了记忆中的干净利索。

良心受到拷问，我陷入深深的自责，姨这些年来不可能不惦记我，不可能不会念叨起我，而我呢？我又干了些什么？

总想着等自己有了车，一家人光光鲜鲜地去看她，让她看到她的娘家人的出息，但我却犯了一个致命的错误，我已经忘记了姨的年龄，记忆会停留，时光会停留吗？

和同在一块儿上学、同受姨家照顾的好友景文商量好农闲一起去看姨，憧憬着相逢之后的喜悦，一天天地等着。

但就在昨天，忽然接到表弟的电话说，姨病重了。

一切来得太突然，容不得再等，匆匆赶往洛川。

姨家还住在老地方，还是那个陡坡，还是那条小巷，巷子靠最里边，是姨家。无数次带着欣喜和温暖走进走出，但从没想过再进来时，老远已听不见了姨的快人快语。

院子经过改造，那个小花园没有了，姨栽的那棵苹果树当然也不在了。记得刚栽好时，姨说，让你学了几年果树，给好好修剪修剪吧。我笑着对姨说，还么小，等长大点吧！

这一等，就是二十多年，等到树没了，人也快没了，我才来。

房子里的陈设变了，但墙上那面刚建成时装的大镜子还在，贴在上面的字还在。但镜子里的影像，已不再是意气风发时的姨父，而是一个面色苍苍的老人，和人到中年两鬓斑白的我。

那个对着镜子摆弄头发，被姨看到说想娶媳妇了的小伙子哪儿去了？姨又哪儿去了？

姨蜷缩在卧室里的病床上，床头的制氧机发出咕噜咕噜的声音，姨的鼻孔插着氧气管，记忆中那头好看的烫发被剪短，花白而干枯。

姨昏迷着，我叫了她几声，她没有一点儿反应，只微微睁开眼又慢慢合上，腿时不时动一下，稍伸展一下又蜷起来。

姨除了痛感，对外界已经没有了任何感受。

我内心翻江倒海，但强忍着没让眼泪掉下来。我不能哭，尤其在这个时候，在表哥表姐以及姨父身心俱疲的时候。

没有说上一句话，没有在姨健康的时候给她一点点消息和问候，我的这个探望已沦为了做给人看的形式，还有资格再去抹眼泪吗？

有多少个无限期等待的理由，就有多少条通往遗憾的路。生命中，有多少的风景，被耽搁在了路上。

回程路上，天上下起了雨，大颗的雨滴打在车窗上，汇成一条条水流，模糊了眼前不断飘过的树木和村庄，也模糊了来时的路。

雨落有个姨，我忘不掉，也不能忘。

2019 年 5 月 17 日

网购春天

再过不到两周,这个"理论"上的春天就行将到期了,但在宜君,春天似乎还没有真正到来。

两场夹带着雷声的春雨,都是在半夜时分偷偷下的,蔫了吧唧、贼头贼脑地像做了见不得人的事,又像故意吓唬小孩子搞的恶作剧。这年头是怎么了?连老天都搞这无厘头的形式主义,打雷的设备坏了就坏了,也没规定就非打不可,惊蛰都过了几天了,虫子们该醒都醒了,说不定正趁晚上出来找口吃的,抑或解个手,这么一惊一乍的,也不怕给吓出个后遗症来。

耀县塬上的节令是比宜君要早一些的,一群居住在铜川新区的老干部文友们,顾不得考虑宜君乡党的感受,按捺不住内心的热情,又是发图又是赋诗,忙得不亦乐乎,那些耀眼的桃花杏花无名花,便在群里竞相开放,诗也写得情绪高涨,极尽奢华,搞得我有些恍惚,以为自己罔顾生计,辜负了大好春光,只好急急走出街道去沟畔、田野里,探寻一番。

失望是肯定的。我忘了城里有专门的花园和花工,绿化和美化是有任务的,到了季节不开花会影响政绩,农村里能在这个时候开出花的,只有崖畔上那些山桃树。

阴沟里依稀尚存未消融的积雪,这个季节没有属于它的舞台，它的出现对这个季节就是一种伤害，可以说它连当观众的想法也不能有，若不是还清晰记得日子，是不敢断定这就是半个月前那个裹枝盖地、冰清玉洁的圣物的，此时，只能用脏和丑来形容它，用惋惜和怜悯看待它的处境，我知道它不甘，我甚至能听到它融化时的"滋滋"声，像一只被宰杀了的羊躺在案板上，血水越流越少，最终消失得无影无踪。同情能怎么样呢？人太喜新厌旧了，美好是有时效性的，美在这个世界上是最短命的东西，大多数时候，我们见惯的是庸常和丑陋，那些少有的、昙花一现的东西，才会被冠之以"最美"。

麦田是稀缺之地，同住一村，要经多方打听才能知道具体哪个角落里才有那么一小块，而且还不确定有没有醒苗。怕扑了空，决定不去撞那个运气。

沟还是很容易就能到的。崖畔上星布着的山桃树像早早商量好的，开得异常忘我。说实在远远看它，没有绿色陪衬并不美，周围那么荒凉，它却不管不顾，像一个不听父母话远嫁了的女子，有些傻，还有些无奈和偏拗，单纯得让人既心疼又内心复杂。然而无论如何开放总是美好的，无论接下来等待它的是风平浪静还是暴风骤雨，所以它只是积极，只是热情，它开得满脸得意的样子，像极了小时候第一次登台表演，让妈妈别满了头花、打扮坏了的小妹妹，也像群里那些只有热情，并不知诗为何物的老干部们作的诗，看似繁华锦绣，实则单薄乏力，唯一可贵的是，热情不减，能从花还没开一直写到结出嫩果。

急于开放的花，如果不能和寒冷抗争，终究是冒失了点。

春天，迟缓而不坚定，像极了我们初恋时的爱情：迟疑、摇摆、若即若离，似是而非、飘忽不定；忽热忽冷忽阴又忽晴，像雾像雨又像风。今天给你喂颗糖，让你从头甜到脚底板，感觉春和景明，人生达到了巅峰；明天又给你兜头一瓢凉水，让你心如刀绞，全身哇凉哇凉，感觉天寒地冻，像站到了珠穆朗玛峰。

春天，与其说是一个季节，倒不如说是一个诱惑。这又像极了网购。老早就对它向往，无数次在心里描绘出拥有它时的图景，从春节的对联贴起来的那时起，就谋划着下单的事，然后满怀期待地等啊等，每天都在看它的行程，快点啊，快点啊！快一点到来吧！像一个虔诚的教徒一样在心里祈祷：不要刮大风，大风会吹坏天气，不要下雪，下雪交通会受阻，不要地震，不要火山喷发，不要打仗，不要有疫情，路上不要被查酒驾，心情好心态就好一切就会好，一路上顺顺利利，平平安安，一遍遍核对地址，生怕春天走错了路，误了行程，别人家到不了都别让我空等。

等待春天的心情和网购的心情一样，能把联合国安理会的心都操上。网购货物会到，春天也终究会到，但真的到了的那一刻，可能远没有等待中那般美好，等待的美好，是未知和多种可能性加在一起制造出的幻境，是可塑的，可规划的，可持续的，而得到的美好是短暂的，刻板的，是幻灭的。网购的人享受的永远是网购的过程，等待春天的人也一样，等到的可能已经是夏天了。

开花是春天里最主要的事。花为悦己者容，虫子是花绝对的知己，越冬的虫子们一冬天在地下可能净忙着筹备这件事了，怂恿，起哄，像打算要闹洞房的坏小子一样迫不及待。

心急的人在春天里只适合蒙头大睡，不然会抑郁，春天是慢性子，它真正的到来，或者说它情绪最稳定的时候，是油菜花开的时节。

我不是一个爱花的人，春天里开的所有花中，独爱满地淌金流火的油菜花。这不仅是因为我种过它，为它付出过劳动，它开得越旺盛，家里的日子就能好过。出身农家，自小艰难度日，没有什么浪漫主义情怀和对柴米油盐之外的幻想，有的只是习惯性的实用主义标准，喜欢油菜花的实质，也不过是能压榨出油水的油菜籽。

很小的时候，看过一部叫《苦菜花》的电影，很悲惨，剧情已经忘了，只记住了一个镜头：一辆车碾过一棵开着黄花的小草，那朵花被碾得粉碎，电影里一个小女孩死了，我幼小的善良被刺痛了，每当看到这种黄色的小花，就会联想到电影。

春天开的花大多是粉的、白的，少有浓墨重彩类型的。油菜花很独特，亮得刺眼，而且只有它开了，春天才算尘埃落定，才老实了。它不像果树花那样，趁着风和日丽的时候一夜暴开，让人想到"怒放"这样带棱角的词来。它不急不躁，有节奏有步骤地在茎干长到约莫三四十厘米的时候，才开始崭露头角，先是最顶端的几朵，悄悄露出一点点亮亮的金黄，像打前哨的侦察兵，试探一下环境，如果是持续的晴朗日子，就一天蹿出一截来，每蹿出一截，亮亮的金黄就增加一成，如果遇到寒潮，便按兵不动，在冷风凄雨中蓄积能量。待寒潮过后，它便大大方方地、胸有成竹地开成一抹，苍黄的土地和碧绿的叶子被它掩在身下，有股子王者之气，连阳光都奈何不了，任何的晦气都能被它的富丽堂皇逼退。

油菜花有一股特别的香气，是能闻出的苦味儿，这味道只有虫子们喜欢，它们没有鼻子，有鼻子的牛羊，见了要躲着走。

春天里，最让人期待的是清明节气，只有在这个节日里，商家不会借机促销，女人不会要礼物，朋友圈里也不会各种晒，各种秀。

春天里，汪峰唱道：还记得许多年前的春天，我还没剪去长发，没有信用卡也没有她，没有24小时热水的家，可当初的我是那么快乐，虽然只有一把破木吉他，在街上、在桥下、在田野中，唱着那无人问津的歌谣,如果有一天,我悄然离去,请把我埋在,在这春天里,春天里。

峰哥把他的那个春天唱得很凄惨,很悲壮,那时候他不红,没有名气也没有是非,了怡还不知道他喜欢穿皮裤、一只手至少戴三个大戒指。我喜欢他的这个《春天里》,小时候喜欢《春天在哪里》,春天在哪里?到现在也还是迷糊的,可能,在路上呢吧!

《往事》之——有雪的冬

好几年没下过这么酣畅淋漓的大雪了。自打上冬,畏寒的我便将自己封闭在小屋里。也没心思出去,满眼的水泥砖瓦泛着清冷的光,萧瑟的景象更让人心寒。

每年都盼望着下雪,不下雪的冬天就像远在他乡、长期不归的亲人一样,让人牵挂着没着没落的。

天气预报老早就说要下雪,这让我想起去年冬天,天天关注天气预报,像个小孩子盼过年似的等啊等,直到山桃花都开了,也没盼着。

终于落雪了,纷纷扬扬的大雪成团地砸下来,瞬时混沌了天地,感觉既熟悉又陌生,像从唐诗宋词里走来般久远,如李白、杜甫仰望苍穹般庄严而又凝重。

孩子们兴奋地跑来跑去,抓起雪团互相追逐打闹,鲜艳厚实的衣装在雪的映衬下格外显眼。邻居大娘忙不迭地又扫又铲,嘴里嘟囔着,那场面让我想起了一桩往事。

大概是一九八几年的一个冬天吧,那时候冬天下雪似乎没这么难,并且,缺衣少穿的也不盼着有太多的雪。

村里来了个杂耍班子,两个大人领着一帮小孩,那些小孩衣衫褴褛,蓬头垢面,着实看着可怜,不巧的是,当晚就下了一场大雪，那年头出来的，无非是为了混口饭吃。

　　一大早，还没等村民起床，这些孩子就在村子里溜达，看谁家窑背上的烟囱冒着烟就往里跑，嘴巴也都很甜，"姨""叔"地叫着，叫得大人很是心疼，赶紧把炉子弄旺让他们烤火，这些孩子毕竟也走南闯北的很有眼色，见着活儿就干，炉子底下的灰被掏得干干净净倒掉。母亲倒了热水说让他们洗洗脸，他们摇摇头不愿洗，说洗了会更冷。我亲眼看见他们伸出的手上满是冻疮，让人不忍直视。

　　那时候的农村，早餐多是苞谷糁稀饭，方言叫糊汤，善良的母亲做好后给他们每人盛了一碗，他们喏喏地接过，蹲在墙角狼吞虎咽。囫囵吃过之后满脸堆笑地道谢，并力邀我们一定去看他们的演出。

　　大队部门前的空场里扫出一个大圆圈儿，几件破旧不堪、已看不出本来颜色材质的道具，摆在圆圈儿中间。与其说是演出，倒不如说是看一帮孩子的苦泪戏，他们在操着叽哩呱啦难懂口音的中年男人指挥下，下腰、翻跟头、钻火圈儿，稍有懈怠便会招来呵斥。

　　一晃几十年过去了，那些孩子现在也已经步入中年了，可能孩子也已经比他们那时候大了，他们一定很幸福地生活在中国的某个地方，也一定像我这般望着这场似曾相识的大雪。在某一天，他们是否会想起在那个物资贫乏的年代，一个小小的火炉旁，一群肤色黝黑、衣衫破旧的少年，还有那顿香喷喷的苞谷饭……

雁门山哟！

小的时候的我，很木，土话叫"死盯儿"。我也想变得活泛一点，能说会道一点，但直至现在都没做到。

这样的性格，多多少少与身体状况有关，在学校参加赛跑跑不过人家，小组赛拖大家后腿被老师揶揄、队友耻笑。拿现在的话说，就是那个猪一样的队友，索性从此不去凑那个热闹。

唯一让我值得骄傲的是，我有一双怎么糟蹋也近视不了的眼睛，我仔细对着镜子端详它：双眼皮、清澈透亮，躺在炕上也能看见对面墙上报纸上的字，我想过很多关于描述眼睛的成语，例如"炯炯有神""目光如炬"等，但都没有村人一句"心明眼亮"来得恰当，因为我的名字就叫"新明"，尽管外婆给我起这个名字的时候，我的胎毛还没褪净，眼睛也不常睁开，自然也不会与眼睛扯上半毛钱关系，冥冥中，算是上天关上一扇门的同时，为我打开的一扇窗吧！

有一句眼镜的广告语说：眼睛是心灵的窗户，请为你的窗户安上玻璃吧！我有这么一扇傲人的窗户，当然也想给它装上玻璃，从小到大，我特别羡慕戴眼镜的人，看着就很有文化。因此，我按照书上"护眼常识"上的指南，反其道而行之，躺着看书、走路看书，把脸贴到书上看，坐到电视机跟前目不转睛地看，想尽一切办法让它模糊起来，好矫情地对父母提出"安玻璃"的请求。

但事与愿违，就像期待某天一睁眼奇迹会出现，自己的腿变得和别人一样，能跑出兔子那样的速度，我这双饱受"摧残"的"明眸"却越来越亮，丝毫不配合我的"安玻璃"计划，在"看起来有文化"的路上越走越远。从这件事上我总结出了一个道理：书上说得不一定对。

有一双好眼睛，就看。看着别人打打闹闹直到跑得看不见；看着狗和狗咬得不可开交，直至又和好互相舔毛；看着脚下的蚂蚁，把我视为一堵有热量的墙，在我的鞋子上爬上爬下；看着头顶的飞机从一个小白点儿变成大白点儿，又慢慢变回小白点儿，直至逐渐消失。父亲说我是没出息的货，老师给我起了个"小老头"的外号。

眼前的东西看多了也没意思，就又看向远处。东边、西边和北边，天和地合成了一条模模糊糊的线，啥时候看都空荡荡的，只有南边的雁门山，实实在在地挡住了我的视线。

雁门山是宜君东塬的南大门，翻过山便是白水县，而就是这一山之隔，让宜君东塬的经济和白水比起来差了一大截。20世纪80年代以前交通不发达，东塬上一些做生意的小商贩，靠两条腿，肩挑背扛将自己编制的荆条筐、篱、托馍光光（音译）贩往山外，又将山外的瓮、瓷缸挑回来。

雁门山和我住的小村子直线距离可能也就二三十里路，但却隔了几道沟，没机会去，只能手托腮帮子，静看那一道敦厚的幽蓝，日复一日，年复一年横亘在那里，听村里的老人一遍遍重复讲述，那些讲者不厌、听者不烦的各种传奇。

晴天的时候，山脊和天空相接的地方格外清晰，像用笔画出来的一样流畅，由于阳光的照射，天空的濡染，此时的雁门山也

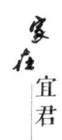

是蓝色的，但和天空的蓝比起来就显得黯淡了许多，我们把天空的蓝称之为"毛蓝"，把这略显厚重的蓝称之为"黑蓝"。黑蓝的雁门山由于空气的透光性降低，变得朦朦胧胧，看不出什么，就是一道屏障，扁平扁平的，像画在一张蓝色的纸上。

反倒是在雨后，空气经过清洗，能见度提高，雁门山立刻立体了起来，山的边缘有了树木的轮廓，多了一些细微的曲线，一些沟沟壑壑，清晰可见，颜色也是醉人的绿，倘若再有些许雾气若隐若现，更让它充满了诗情画意。

雁门山有个传说，出自我小学的语文老师之口，他讲完这段传说的时候，嘴角有很多白沫，很形象地注释了一个成语：津津有味！原来这成语是这么来的！

传说太上老君到陕西仙游，看到这里沟壑纵横，百姓艰难，很是于心不忍，于是牵来两头天牛，套上一张大耱，自秦岭耱起，一直耱到白水和宜君的交界处的时候，已经接近天亮，待到雄鸡报晓，老君便停下来，将耱提起，倒掉上面堆积的土，这条长长的土堆便是现在的雁门山，而身后耱过的平地，便是"一马平川"的八百里秦川。

老君正欲赶两头天牛回天庭时，其中的一头天牛却在撒尿，喂过牛的人都知道，牛撒尿时间很长，而且撒尿的时候断不会移动半步，老君只好在一边等待，而另一头天牛却趁机逃掉，老君看看天色已经发亮，顾不得许多，便弃牛离开，这头天牛撒的尿成为现在雁门山下的"铁牛河"。两头牛都向东边有亮光的地方奔去，在路过桃村的时候还拉了两摊粪，下桃村那两个圆圆的、被人称为"龟形山"的土堆，便是这两头天牛留下的。

这两头牛一头是红色的，叫"朱牛"，一头是浅青色的，叫"青牛"，都落脚在了洛川境内。

美丽的传说伴随我走过了漫长的少年时代，带给我无限的遐想,更增添了我对家乡和雁门山的热爱,我经常看着它天真地想,老君要是能耱得再快那么几分钟,我们这里就不会是现在这种沟壑交错、山大沟深的景象,也会像白水县那样,有着宽阔、平坦笔直的马路,四通八达的交通带来的繁华景象,以及因一山之隔导致的气候差异。

1992年,姐姐远嫁山外的蒲城县,我第一次坐车接近雁门山,一路不顾山路的崎岖和颠簸,竭尽所能地欣赏着它的伟岸与奇丽,山上草木葱茏,沟壑幽深、空旷,飞鸟鸣啭、人迹稀少,偶然出现一两名赶脚的行人,联想到老人们口中曾经在旧社会里不可一世的"土匪",不免为他们的安全担忧,同时又对他们孤身行走于深山老林的胆量,生出一些敬意。

在当地,说到白宜两县交界的雁门山,因山上有暗门通宜君,所以又被称为"暗门山";又因马莲花,得名马莲山;另,传说秦王李世民领军到此无法通过,秦王下马祈祷,山崩裂一条通道,称小秦山;因相传有一神雁落此山,而得名雁门山;不过,老百姓更多习惯于称为暗门山。对我来说,还是更喜欢"雁门山"这个名字,听起来明快、舒服些。

查《白水县志》得知,雁门山主峰高一千多米,整座雁门山及余脉,阳面多是刺槐,阴面松树多些,也许植树造林是按"阴面种松树"的缘故吧。而且受西北部桥山山脉上空大气层影响,这里也是冰雹云向白水县域的发起地。山顶原有一座三仙庙,附近的村民习惯于称三仙为神仙娘娘,在明代时,移修山下。在半山腰还有一天然石洞,背后有一棵松树盖顶,使人不易发现,捡一石块扔到石洞,叮叮咚咚好久没有到底。曾经北去暗门的商旅古道现已是荆棘挡路,荒草藤蔓与树木,枝条错节,已无路迹可寻,慢上的山道,使人只能时而匍匐,时而低头穿行,除了不知名野兽的蹄爪印外,沿途没有石刻印迹,偶有崩落供人可休憩的石块散布。白宜公路绕山而修，从山际穿过，把雁门山主峰和暗门原本相连的古道断开，转弯山崖的石层，可以看出每次修路降低路基的落差。

曾经的暗门关隘，整个关口已成坍塌敞阔的山口，被两边的树木荒草遮蔽，一束散大的树藤拦住去路。如今隐约从道边约40厘米高的石台，看出暗门的大概轮廓，传说中的暗门原来就是立于山岩之间一条宽约两米，长约三五米的石道，两边杂乱堆着石块，已经没有建筑存余。紧挨暗门左侧的片石垒墙，就是后修的两仙庙遗址。民国时候，这里经常有盗匪出没，特别是在尧禾有集市的日子，山北一带的商贩下午返程时，在山上就被打劫，时常人财两失，在当地影响十分恶劣。最后，收水民团王团长带队打击土匪，并枭首悬挂暗门示众半年，以儆效尤。

少年眼里的世界，就像传说那样单纯且美好，一度宁信其有，不信其无，多是感性的。现在再去回味这个故事，多的是对缔造传说的人们的由衷的敬佩，他们以丰富的想象力把家乡的山水、地貌，用神话传说完美地串构起来，世代口口相传。背后深藏着的，是一份对故土浓浓的爱。

在近代，有一支著名的"雁门支队"活跃在雁门山周边的宜君、白水、黄龙、洛川一带，为宜君的解放立下不朽功勋。1946年9月下旬，以中共雁门工委教导队为基础，会同双龙中心区民兵以及从陕甘宁边区调来的党、政、军干部共200余人，组建了雁门支队。他们配合黄龙地区党组织和武装力量开展游击战，采取机智灵活的战术，出奇制胜，有力打击了国民党胡宗南部。值得一提的是，我爷爷的兄弟冯茂青，也是其中一员，有一次我专程去瞻仰了位于雷原镇的"雁门支队英烈纪念碑"，在英烈名单中找到了我这个爷爷的名字，心中感到无比的自豪。

翻开史志，真真切切的史料，让雁门山又有了一份历史的厚重感，原来平日里不动声色的、敦实的雁门山，背后竟然有这么多的传奇故事，实在让人刮目相看。

(作者：冯新刚)

原上的果木树

人在饿到极限的时候，和动物没有区别。粮食短缺的年月，吃糠咽菜糟践了肠胃，在农村有个好处，只要足够勤快，漫山遍野各种植物的果子，便能适时补偿这些亏欠。

开花最早的是山桃树，这些树大多生长在离村庄较远的山坡沟洼里，树形低矮，花瓣粉嫩。在大地还一片萧瑟的时候便迫不及待地盛开了，让窝了一冬的人们眼前一亮，心情豁然开朗，同时也让人暂时忘却了眼前的困难，对新的一年有了期盼。肚子里稍微有点墨水的，在头脑里搜刮出一两句古诗来，虽然不顶饿，但心情肯定不会差。

山桃果子很小，成熟时也不过羊粪蛋蛋大小，一身闪着亮光的毛，水分不多而且酸得要命，吃不了几个就会倒牙口，除了嘴馋的小孩子，青果几乎无人问津，所以在村庄附近很少看到它的身影。

紧接着是山杏，山杏树比较高大，开雪白的花，与心形的杏叶相间，纯净得让人心疼。杏子的表面没有令人讨厌的毛，果肉含水量较山桃多些，坐果后天气基本上已经变暖，所以长的比较快，大约在五一节，就有馋猫开始大肆掠食了。印象中女孩子们特别好这一口酸得让人龇牙咧嘴的青杏，但她们大多不会爬树，就拿长杆子去敲打,一杆子下去,"唰啦"一声落下的大多是杏叶,随之而来的是一声像戳翻了麻雀窝的尖叫和欢声笑语。低处的被薅完了,仍不能满足味蕾被撩拨之后的欢愉,就有一些胆子稍微大点的、平时喜欢咋咋呼呼的女生上树去摘,树下围一群强忍着唾沫的小馋猫,巴巴地仰头望着树上的人,虔诚的样子不亚于瞻仰一尊神像。

男孩子们才是这场掠食中当仁不让的王者,他们以极快的速度上树,有女生在场更能将神气发挥到极致,他们敢上到最高处,使出浑身力气摇撼树枝,落下的是惊慌失措、还没来得及成熟的青杏和一浪高过一浪、无拘无束的欢乐。

有一种杏子,能稳稳当当长到黄灿灿、散发出清香的时候,那就是长在农家院里的"接杏"(音译)。接杏树冠矮小,栽种在院子里面,不会影响院子的采光,还会增添许多雅致。节接由山杏为砧嫁接而来,果子个头是山杏的几倍,果肉厚实,成熟后外黄内红、香甜多汁,且果核易剥离,果仁为甜仁,吃完果肉顺手找块石头,"咔嚓"一声砸下,于褐色果壳中扒出白嫩如奶瓣的果仁来,唇齿之间顿时便被一股异香裹挟,滋味妙不可言。遗憾的是接杏树并非家家都有,那年头但凡院里有棵接杏树的人家,是会考验本家人品的,成熟时节若慷慨与人分享,便不会有被人鄙夷使坏之虞,反之,连出门都会惴惴不安,破屋烂袄的没人惦记,满树的黄杏极易遭黑手。

和杏差不多同时期的,还有梅子和一种叫"串子红"的果子,这两种果子味道和杏基本相同,不同的是色泽和果形,梅子和杏大小相当,串子红则大一点儿,单从味道上说,就是胖版的梅子。民间有种说法:"桃饱杏伤人,梅子树下埋死人。"这些东西虽然酸甜爽口,但不宜多吃,对胃黏膜伤害极大。

收完麦,桃呀梨的就能吃了,桃树和杏树一样喜光,所以主干长不了多高就会分叉，我戏称它们为婆娘树，一来枝枝叉叉、东扭西歪的比较婀娜，二则采摘不用爬高，合了好这一口妇女的心意。

梨树和山杏树一样，高大魁梧，能长到两三丈高，所以也是极好的木工用料树种，塬上的梨有鸡腿梨和罐梨，都是乡民根据果实外形起的别称，没有人去考证它的学名。鸡腿梨果形俊秀，果肉酥脆，细看还真的像个肥美的夸张版鸡腿。罐梨则不同，果个极大，像公牛犊的蛋丸，在未成熟之前果肉瓷实得摔都摔不烂，咬一口像啃了一嘴木渣，熟透之后能稍微松脆一点，所以勉强能撑到鸡腿梨被"祸害"完之后。

大多数果木树自嫁接改良而来，自身果核里的种子种出来的是和它的基砧一样的果树，也算是溯本归源、不忘根本的典范了。人做了官、有了钱都会忘本，但树却不会。这不免让人对这些可爱的树种生出一些敬意来。

梨树的基砧是杜梨，杜梨树生长于山坡硷畔，由于生长缓慢，所以木质极硬实细发，是做案板的首选材料。可能是塬上干旱风大的缘故，杜梨树很不正经地长得弯弯曲曲，所以做案板的材料都不是很长，木匠在解板的时候要顺势就弯地做到尽量不浪费掉。

杜梨果颜色鲜红，一个花芽可蘖生出三到五个果子，果子极小，有鸡的眼球那么大，鲜食味道涩酸，和山楂味道差不多，但煮熟后就不再那么浓烈，在口舌寡淡的年月还是非常惹人喜爱的。

在山洼里，还有一种可以满足口腹之欲的鲜物，叫"蛇蜜"，这是一种小型草本藤蔓状植物，可能是最原始的葡萄吧，多生于崖硷下面，由根部分出许多枝条，顺着崖硷向上攀延，每个节上都会开花结果，结的果子像盛开的一朵花，由一颗颗麦粒大小的果肉组成，颜色鲜红透亮，味道甜美，非常诱人。但是由于果实极小，一颗颗摘来吃很不过瘾，也很辛苦，所以有经验的吃货往往都很有耐心，待摘够一把，一股脑儿吞下，是非常解馋的。

马茹子，塬上最大的灌木，长成一大丛，且浑身是刺，牛羊不喜啃食，砍柴人不敢招惹，所以漫山遍野长得极其放肆。开黄花，在春天非常醒目。结的果子像佛珠，所以被女孩子们摘来串成手链或项链，也是很好看。能吃，也很甜，但只有一层薄薄的皮可食用，其余都是核儿，除非饿成狗，一般没人愿意多吃。

还有一种生长在杂草丛生的山沟里的灌木，叫"木瓜"，多数人都知道。我第一次看见时，见它硕大似甜瓜，不禁欣喜若狂，哪知它其实皮肉不可食，能食用的是它腹内像杏仁一样的籽粒儿，不免又大失所望，感觉这东西大泡稀松，极不厚道。

中秋过后，塬上的苹果、核桃、柿子开始扎堆成熟。这几种果木在塬上比比皆是，所以很容易吃到。那时候每个大队都有农林场，苹果成片栽种，常见的品种有"国光""元帅""大红袍"。但因为是集体的，临近成熟就有人看管，所以不能随便摘着吃。但幼果期没人管呀，仍免不了有嘴馋的小孩子去偷吃。

核桃没成熟之前也能吃，虽然有些暴殄天物，但味道的的确确比成熟之后鲜美。麦收前后，就有了蠢蠢欲动，拿出珍藏的核桃刀，摘上一大堆悄悄找个僻静处，开膛破肚一番忙活。谁嘴最馋，谁糟践的青皮多，谁的手就被汁水染得最黑。

小的时候经常想，为什么美味的果实在成熟之前都是酸酸涩涩的让人难以下咽，现在才知道，这都是植物的智慧，它们为了保护自己的种子不被动物破坏想尽了各种办法，长刺、长硬壳、长厚厚的皮，长让动物咬一口终生难忘的汁液等，但为了让成熟的种子便于传播，又能适时变成颜色鲜艳、味道甜美的美味吸引动物来吃，想想怪有趣的。

柿子就是果木树中集智慧与顽强于一体的极品。柿子树身形与国槐一样魁梧粗犷，虬枝舒展，鳞状的树皮像一层厚厚的铠甲，将树身包裹得百毒不侵、刀枪不入，而且极耐严寒和干旱。听老辈人说，见过旱死过人和牲畜、庄稼、桃杏的，没见过柿子树受过灾祸。不单是这，在塬上住过的人都见过这样的情形：有些柿子树被火烧掉、被蠹虫侵蚀掉半拉身子，甚或被人刨掉根部的土，树身几乎东倒西歪地悬于空中，仍然保持枝繁叶茂、硕果累累的状态，令人赞叹到发指。

柿子绝对是个另类，果木树中的战斗机，开的花都和别人不一样，像个被炸脱了底的木桶，捡一个含在嘴里甜丝丝的，当哨子吹，居然还能吹出响来。

柿子的果实不是你想吃就能吃的，倒不是摘不到，在塬上，小孩子站在地上都可以摘来，但不是吃，是玩。拿个小木棍，中间和两头各戳上一个去掉果柄的柿子，然后再给中间那个上面插一根长的木棍，一辆小推车就做成了。

吃柿子不能心急，不熟透断是不能采下来，采下来也得扔掉。柿子中有一种叫单宁的物质，沾到舌头上就像刷了一层胶，像唱郑智化的《水手》："苦涩的沙……"俗语叫"绑舌头"，不明就里的人倘若误食了生柿子，想死的心都有，这可不是危言耸听之词。因此，在塬上，柿子树长在野外，是最让人放心的了。本地的傻子都不会去偷，除非外地的正常人。

现在有一种化学去涩剂，只需抹在果蒂上，待运抵目的地，柿子便软到不能用手捏，软扑扑、甜丝丝，用嘴一吸像流食一样即可食用。但这样吃不了几个就会发腻，柿子最好的吃法是用温水泡。

将柿子倒入锅里的温水中，放适量食用碱或草木灰，保持水温不烫手最少 12 小时，即可退涩。如果水温过高，对不起，柿子被烫死了，不能吃！水温过低，退不了涩，继续泡还会影响柿子的口感和品相，还是不能吃！所以吃柿子绝对是个技术活儿，没有个失败几次的经历，是不会吃上脆甜的柿子的，在农村，这些手艺都掌握在四五十岁以上且热衷于钻研此业务的妇女手里。小时候上学，早上有带零食的习惯，如果前一晚妈妈在锅里温了柿子，那第二天早上就可以省下一个馍，揭开锅盖，手伸进温热的水中摸出几枚柿子来，瞅瞅果顶平平的，颜色鲜红的，准是味道最好吃的，不等进校门，三五个带着温热气的甜甜的柿子，便已经下了口。

柿子的分布地域性特别强，过寒过热的地方都不宜生长。早些年由于交通不发达，远处的人吃不到，本地人又吃不完，所以每到入冬时候，一片灰暗萧瑟景象的原上，就只剩了红彤彤的柿子，远远看去，像一个黑大汉戴了一顶红帽子，又像是哪个姑娘把红围巾挂在了树梢上，让萧条的塬野上多了一分温暖，一分生气。

不能被鲜食完的柿子，会让勤快的人家做成柿饼。做柿饼的工艺相当烦琐，削皮、晾晒、压制成形、挂霜，一系列程序下来得一个多月，所以你轻易不要向塬上人索要免费的柿饼吃，一家人忙活一个多月能做出百十来斤是相当辛苦的。

多出来的要贮存起来也不是易事，得搭个棚子，棚子上铺一层玉米秆儿，再倒上一层柿子，然后再盖上一层厚厚的玉米秆儿，厚了容易捂着，薄了容易冻着，难伺候得很呢！

柿子一次不能多吃除了容易吃腻以外，还有一个更重要的原因，那就是除了"绑舌头"之外，还会"绑肠子"，造成排便困难。但是扔了又有些可惜，塬上人便又发明了一种吃法——拌炒面，这炒面可不是饭店里炒的扯面，是用豆子、糜子、玉米这些杂粮面炒熟后混合成的一种干粮，在主粮极其匮乏的年月，作为一种辅食缓解紧缺的。由于是炒熟的面粉,抓起来便可以直接吃,少了加工的麻烦,要知道那年头柴火也不富余。

吃"干炒面"不能说话,也不能笑,这是非常考验人的定力的一件事,如果正吃着炒面被人逗笑,或者去和别人说话,不是把自己呛个半死就是喷别人一脸。但是拌上柿子就不一样了,把柿子剥掉皮放到炒面中,拿筷子使劲搅拌,等干炒面和柿子完全黏在一块儿,就可以香香甜甜地放心享用了。

现在生活条件好了,许多以前只能在书本上见到的果子,现在都不稀奇了,每到应季的果子成熟,无论去哪家,都会端上一大盘,但无论如何,都已经吃不出记忆中那些半生不熟的味道来了……

我爱塬上,也爱塬上那些果木树,那是家乡的味道。

以牛为伴的童年

我的出生地，是距宜君县城三十公里以外的尧生镇西舍村，东临洛河，南北均以沟为界是另外两个乡镇，尧生镇由东西走向的两条梁呈"人"字形横卧，西舍村是"人"字的顶端，为镇政府所在地。出入这个乡镇只有一条大路与外部连接，这样独特的地貌只有到过陕北黄土高原的人才能够想象得来。我常常想，这要放在古代打起仗来，真的称得上"易守难攻"之地了。

这里的居民世代以农为本，土地还算肥沃，只是缺少水源，基本靠天吃饭，有着牛一样的韧劲和任劳任怨的性格。

截止到二十世纪七八十年代，这里的农村，依然是人奴役牲畜的时代，围绕着土地，有干不完的农活，单就一头牛，吃喝拉撒，是全家人最上心的事，冬天铡麦秸，夏秋割青草，挖土，晾晒，垫圈，出粪，粉料，拌草，饮水，拉出圈晒太阳，除了农忙时节那些天，其余时间人们像伺候皇上一样，时刻挂念着这些浑身散发着臭味儿的家伙，家里的小孩一顿没吃饭可以被忽视，牛一顿没吃，掌柜的就会骂人，婆娘娃娃都会跟着受牵连。

我八岁上的一年级，八岁以前，我的手碰到最多的是那根残留着牛屎味的缰绳，绳头已被人无数次攥过，油亮油亮的，我恨透了牛，它温顺的时候，两只铜铃大的牛眼，温柔地看着你，冷的时候把手放到它绵软温暖的两腿之间，它也不会拒绝，静静地站着，时不时甩一下它还糊着粪蛋蛋的大尾巴，我认为牛表达情感最好的器官是尾巴，它挥苍蝇的力度远远重于打在主人身上。

但是它调皮起来，和猛兽毫无区别，人都说牵着牛鼻子走，那是你不了解牛，牛任性起来，是有技巧的，它要么仰起头，要么偏着头，这样，缰绳是抻不到鼻子的，你再用力扯都是白搭，这估计是牛长期以来总结的经验，这时候鞭子是没用的，一个强壮的大人此刻都得被它拽着跑，而且还得是腿脚利索的，小孩那就别说了，聪明点的，你就丢掉缰绳由它去，原地慢慢等，或者哭着跑去告诉大人，再或者跟着它屁股后边数它顶翻的麦秸垛，过后给别人赔不是。我是比较笨的那种，我不敢丢缰绳，我的父亲骂起人来比牛顶一下都难受，跑不过它摔个鼻青脸肿好交差。这时候的牛，才是它作为大型动物最真实的状态，平日里逆来顺受，干活时任劳任怨，还要忍受鞭笞之痛，牛受够了，此刻，它牛脾气一起，头一歪，脖子上的板筋凸现，扬起四只碗口大的蹄子，将温顺的美名和主人的愤怒抛到脑后，冲向早已觊觎多日的碾麦场，那里有一座座或方或圆、一排排牧民毡房模样的麦秸垛，彼时在牛眼里，都是假想敌，压抑、愤怒在牛角的刺、挑、顶一系列动作下，顷刻间得以宣泄……

就像不能容忍一个一向中规中矩的孩子偶尔出格一样，牛事后是要受到严厉惩罚的，气急败坏的主人挑最顺手的棍子，而且已不是平日里抽打的最硬实的屁股，而是相对薄弱的肋部，伴随着咒骂，牛的祖宗十八代也被牵连。

主人的愤怒不仅仅是因为牛的任性和叛逆，因为牛在农忙时断不会如此淘气，沉重的犁杖已使它精疲力竭，牛这样疯狂一般是在冬闲的时候，积蓄一冬的能量总是要找个地方发泄出来的，但是破坏力是它不能预知的，闯下的祸要主人用钱和力气来摆平。

那时候农民的运输工具是架子车，用牛做动力，方向盘是小孩和妇女，变速杆是鞭子。每年的开学季都是农忙时节，我巴巴地看着别人背着书包去学校，而我不能，因为没人牵牛绳，母亲身体残疾不能下地。不只是八岁以前，一、二年级的大部分时间，我都是在田间地头闻着牛屎味度过的。父亲到学校给老师说：今天我往地里拉粪，要娃牵牛，这两天就不来了，老师也司空见惯了，手一挥，去吧！这一去，少则两日，多则数十天，语文课还好，那些课文我早就烂熟于心，但数学就糟了，本来就学不好，这一耽搁，以至于我到三年级连多位加减法都不会，应用题更是一塌糊涂。不过庆幸的是，我有一个好同桌，他比我大三岁，头脑很聪明，数学学得比较好，但是语文特差，我俩正好互补，我抄他数学，他抄我语文，直到小学毕业，我俩都占据了班级每次考试的前三名，老师们竟然没有察觉。

我属牛，注定这辈子和牛有脱不开的干系，在我的右前额上，有一道旋，人们说这种旋叫牛旋，因为牛的前额上就有这样的旋。1980年春上，村里的生产队解散，各家分到口粮田自己耕种，生产队的农具和牲畜也要分掉。分的方法采用最古老，也是最受农民欢迎的方式——抓阄。因为农具和牲畜数量有限，这就意味着一部分人会空手而归。抓到的人欣喜若狂，抓不到的垂头丧气，悻悻地看着别人忙活，自己蹲在一边嘴里不干不净地嘟囔着。

很多人认为小孩的手气好，就叫上孩子去抓，一向谨慎的父亲喊我来抓，我果然不负所望，至今我仍然记得，在我被众人推推搡搡、脸红心跳地拿出一个纸蛋儿后，在围观者屏住呼吸、押着像鹅一样的长脖子的见证下，由父亲亲手打开的、揉得皱巴巴的纸条上，写着一个带圈儿的8。

人群一阵欢呼,我知道我抓住的肯定是头牛,看着父亲难得一见地咧开嘴笑,人生第一次感受到了成功的荣耀和喜悦。

在别人艳羡的目光下,我跟在父亲屁股后头来到饲养室,村里的饲养室是一线起的六孔砖窑,由于是饲养牲畜,所以比一般住人的窑洞要宽大,一进饲养室,一股夹杂着青草的牛屎味儿扑鼻而来,由于心情舒畅,此时觉得那味道竟然如此亲切。牛们正在用餐,这是它们在人民公社生产队制度下的最后一餐,这是有历史意义的,当然牛不知道这些,粗糙的舌头舔着雕有漂亮花纹的石槽,发出一阵阵"沙沙"声。

看见有人进来,牛们惊恐地抬起头望向我们,可能是以为要拉它们下地干活了,片刻之后又埋头继续抢吃,个头大的总是霸道地甩甩头,来驱赶两边的伙伴,个头小的趁它不注意,悄悄伸头猛嚯几口,看着大块头开始喘粗气,并且瞪圆了牛眼,便又赶紧挪开,等待下一个机会。可怜牛的世界,也充满了血雨腥风的江湖气!

等到槽里的草吃尽,父亲走到一个个头不大的牛前面,解下缰绳,牛顺从地绕过其他伙伴,跟着父亲走出圈门,这时我才看清,这是一头母牛,四肢细长,模样也不算难看,毛色偏黄,犄角一长一短,一边直,另一边向下弯曲,肚子上用石灰浆写着一个大大的8。

"就是小了点。"父亲抽着纸烟,蹲在家门口端详了半天冒出这么一句,这句话让还处于得意状态下的我稍感不快。

自己家有了口粮田,现在又有了牛,这是以前想都不敢想的事,家境不好的人家,祖祖辈辈哪儿有过属于自己的这些东西,这要搁新中国成立前那就是地主啊!我估计有些人做梦都能笑出声来。所以怎样侍弄好这两样,就提到了议事日程上来。要想把地种好,就得先把牛伺候好,牛吃好喝好了有力气拉犁才能多打粮食，而且吃得多肯定拉得多，"庄稼一枝花，全靠粪当家。"这是每个种田人都知道的一句至理名言。

我是家里的长子，照顾牛日常生活的重任理所当然地落在了我肩上，况且，牛也是我抓到的，作为当事人的我也是乐于接受且引以为荣的。

起初，家里多了一个大活物，对于小孩子，那是极稀奇且有趣味的。那么庞大的身躯，用一根细细的绳子牵着，你走到哪儿它就跟到哪儿，你想让它吃它能吃，你不想让它吃，一抻绳子，它立马就得抬头，这牵出去，在小伙伴面前那多有面子，关系不好的，还不乐意让他牵，谁想牵我的牛，对不起，得上供，兜里有什么好吃的好玩的都拿出来，哈哈！

农村推行的"包产到户"政策给农民的生活带来了翻天覆地的变化，那时候听大人提得最多的人名，由原来的毛主席渐渐变成了邓小平，虽然我不知道这两位是干什么的，但是从人们说话的语气中能感受到，是很了不起的人物，没有他们，我家不会有牛，没有牛，我就不会像现在在小伙伴面前这么趾高气扬。

人和动物一样，首先面临的是生存问题，有外国人好奇中国人怎么会发掘出那么多食材，像动物的内脏，在外国那都是扔掉的，但是中国人能把那些东西做出各种花样来吃掉，究其原因，有学者就说：中国人几千年来就没吃饱过！想想真是有道理，纵观中国历史，这皇那帝的打打杀杀，连年战火不断，几乎没消停过，百姓没过几年安生日子。

没有吃食的日子我也是经历过的，当时，一年到头能吃上纯麦面是极奢侈的事，我这个年龄还算幸运的，至少没吃过酸枣馍、高粱馍，我吃的是糜子、玉米馍，这算是艰苦时期的高级阶段，再好一点的就是麦面加杂粮面，具体做法是：蒸馍时，一团麦面擀平，这麦面不是现在很常见的那种标粉或者精粉，那时候

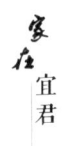

农家有点麦子要磨到极限，颜色像极了光膀子晒了一夏的汉子的脊背。摊上一层杂粮面，然后卷起来成条状，用刀切成一段一段，从侧面看，一圈黑一圈白的煞是好看，搁现在那是稀罕物，在那时候经常害得我拉不出屎来。大人是经历过饥一顿饱一顿的，所以只要有口吃的断不会挑剔，我一般都是先把麦面抠出来狼吞虎咽掉，然后再强忍着咽下那些黑乎乎的、难以下咽的东西。

因此，与其说"得民心者得天下"不如说"得民胃者得天下"更贴切，中国共产党显然是抓住了，我和我的父辈说"共产党好""社会主义好"那真的是由衷的。事实是："包产到户"的第一年，各家打的麦子一成交公粮，九成归自家。以至于没有粮囤（一种用荆条编制的装粮食的容器）的人家，望着堆成小山的麦子而发愁。麦收季节，村民们见面都是说着同样的话：你家打了几石（一石约等于400斤）麦子啊？我家不行，一亩地也就一石出头，明年多攒粪，争取打石五（一石半约等于600斤）。那种由衷的喜悦，溢于言表。

终于不再吃那些让人难咽又难拉的粗粮了，这一年的任何一件事都是具有划时代意义的，用现在的话说，就是幸福感爆棚。最集中的表现当然是过年了，各家都是复仇般地蒸雪白的大馒头，我家蒸了好几锅大白面馍，蒸馍那天，父母半夜起来就开始忙活，将前一晚发好的酵面倒入两三个盛了面粉的大瓷盆中和成面团，然后放到炕头，盖上棉被待发酵，到天明就可以开始蒸。

每到这天，全家上阵，挑水的挑水，劈柴的劈柴，稍大点的女孩和母亲一起揉面，男孩子则将劈好的柴抱至灶前，待馍上了锅，然后使出全身力气拉风箱，灶底的柴火在强有力的风箱"叭嗒叭嗒"声中腾起一条条火舌，舔红了黑黑的锅底，映红了灶前孩子幸福的笑脸，温暖着庄稼人纯朴的心！麦面的香气弥漫了小村的天空，弥漫了那个冬季的最后几天，人们忙碌着、快乐着、幸福着！牛在那几天也是幸福的，因为可以喝到蒸过馍的热水，做豆腐剩下的、带有淡淡卤水味的汤汁，牛喜欢喝带有咸味儿的东西，那滋味相当于人类的"可口可乐"。

解决了温饱问题的农民生产积极性空前高涨，没有大牲畜的人们开始考虑购买，一年时间，几乎家家都有了牛，这意味着我的得意走到尽头，因为小伙伴儿们都有了自家的牛，这让我感到很失落。

我家有一头母牛，这又让我略感欣慰，因为运气好的话，每年都会生一头牛犊，一头养了两年、有三颗槽牙的牛犊在当时能卖到五百元左右，这对一个家庭是举足轻重的，五百元等于五十张大团结、五百张女拖拉机手、五万个一分硬币。这是我用树枝在地上划拉半天才算出来的，本来数学就不好，看着地上那么多的0，我着实吃了一惊！越发怀疑我的计算能力，还专门去找了我那大脑袋同桌去求证，结果证明我的吃惊是对的。

每年暑假，是孩子们和牛的狂欢季，这两个月的农活是极少的，每天天蒙蒙亮，各家最大的孩子是睡不成懒觉的，前一天的疯玩导致的困乏，他们多数会在大人的呵斥声中艰难地爬起，呵欠不止地拿起鞭子将牛赶出圈。每当这时候，牛们从各个胡同鱼贯而出，宁静的小村庄瞬间被牛叫声、人的吆喝声、牛铃的"咣当咣当"声打破，朝向前一天由"牛老大"们决定好的地方奔去。

七八月份的渭北高原是一年之中景色最迷人的时候，比一马平川的八百里秦川有层次感，比沙质土的陕北更苍翠浓郁，这里的土质较坚硬，属于富含胶质的黑垆土质，因此水土流失并不严重，且年降雨量充沛，植物品种繁多，植被覆盖率高。每当晨曦初露，一群群麻雀叽叽喳喳地开始倾巢而出，穿梭于农家房檐与

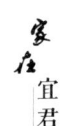

树梢之中，奔腾雀跃于庭院与场坝之间，像一个个飞翔、跳跃的音符，伴着晨雾与露珠，奏响一曲曲黎明前的完美乐章。

行走在田间地头，放眼望去，成片的玉米、大豆在微红的初阳照射下，仿佛刚睁开睡眼的孩童，散发着青春与蓬勃的气息，翠绿的叶片浸润在露的玉液琼浆中，醉在高原舒张的怀抱里。站在沟畔之上，眼前呈现出的，分明是一条条披着绿毯、沉睡千年的巨蟒，一道道山梁就是它肥壮的脚爪。此时的我，就仿佛站在巨蟒的背上，向着深谷大喊一声：哦……呵……呵……呵……然后侧耳倾听，那声音就像穿越了千里，由近及远经久不息，而巨蟒却依然纹丝不动。

到达目的地，精神头好的继续疯玩，由牛老大指挥分工，玩的项目花样繁多：找干枯的树枝，生火烤带来的馍，去就近的地里偷摘些青辣椒，挖几颗土豆，掰几个玉米棒子，几个还带着鲜黄花瓣的向日葵，反正是能吃的，管它成没成熟，能"祸害"的尽量"祸害"。运气好的话再顺带摘几根黄瓜、几颗还没来得及变红的西红柿，红的几乎是碰不到的，因为主人早就在前一天摘走，以防不测。

总会有几个瞌睡瘾大的，这时候拿出早就揣在兜里的蛇皮袋子或者上衣，往地上一铺，继续修炼睡功，任蚂蚁和甲虫在身上爬来爬去，断不会再睁一眼，偶有恶作剧者用狗尾草的毛去挠他耳朵，顶多翻个身捂住耳朵骂几句×××，如果恼了，就会有一场不伤和气的大战，被挠者一跃而起，扼住对方的脖颈压翻在地，被压者奋力翻起，两个人抱作一团，在绵软的草地上滚来滚去，身下的蚂蚁们四散奔逃，来不及逃命的则被踩成了蚂蚁片。

疯惯了的男孩子不到筋疲力尽是不会罢休的，被挠者此时已睡意全无，挑事者更是兴奋，一方起身狂奔，一方穷追不舍，正在忙着生火烤食的也起身呐喊助威，火上浇油，生怕好戏过早结束,一时间,空旷的山坡上呐喊声、尖叫声、大笑声、回荡在各个沟沟岔岔,连沟对面地里锄地人,都被吸引得驻锄观望,牛也诧异地抬起头来张望,刚刚拔起、衔到一半的草从嘴角掉落,也浑然不知……

放牛也是有讲究的,夏天的早晨从八点以后太阳开始变得毒辣,牛是很怕热的,而且这时候草上面的露水已经被蒸发,加上蚂蟥、牛蝇的侵扰,牛会口渴进而变得烦躁,烦躁的牛开始变得极不安分,极力想回村去找水喝,这时候的牛会慢慢从各个角落冒出来,向着来时的路上集结,就像是叛乱的士兵开始了暴动,冲在最前面的一定是个头最大、长着尖尖犄角、毛色红亮、四蹄粗壮的,往日慢吞吞、懒洋洋的状态这时候变成了风驰电掣般狂奔,但这在牛老大面前是不值一提的,牛老大的美称可不是浪得虚名,他会像兔子一样在山坡上如履平地,追上头牛照着脖子奋起一脚,牛毕竟是怕人的,只要头牛一回头,其他喽啰们立刻四散奔逃。

这样坚持到九点多,牛基本上会个个吃得肚子浑圆,判断这个的是看牛的最后一根肋骨和牛后腿骨根儿的那个凹陷处,饿的时候那个部位是个很深的三角形坑,吃饱后逐渐隆起,喝完水那个坑会消失,牛的肚子会变成一个大圆球。

黄土高原缺水是其他地方难以想象的,这里的人祖祖辈辈吃水都靠雨水,人吃的是窖水,将雨水收集、沉淀后饮用,洗衣、饮牲畜是舍不得用的,所以每个村都有一个叫"涝池"的东西,涝池一般建在村子相对低洼处、水源充足的地方,是村民们洗衣服、饮牲畜的重要基础设施。吃完草、巨渴无比的牛闭着眼都能找到这个地方,到了九点多,数十头牛蜂拥而至,那阵势无比壮观,依然是强壮的最先冲进水里,喝上相对最清凉的水,而弱小点的和牛犊,几乎是跌跌撞撞地从别的牛屁股后边,伸出头四处

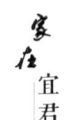

找空隙，往往只能喝被趟浑了的污浊的水。

人的美好愿望有时候往往与现实去甚远，这头母牛在我家养了一年之后，生下一头小公牛，但此后却再也毫无延续我自豪与荣耀的迹象，因为它太护犊子，迟迟不肯断奶。正常情况下，牛犊吃过一年奶之后，母牛就会拒绝再哺乳，用蹄子踢它，不让靠近，待身体恢复之后再度受孕生犊。但是这位瘦小的牛母亲出奇地爱护它这个小淘气。已经两岁了，小牛犊仍然不肯吃草，整天依赖母牛那已日渐干瘪的乳房。两岁的牛，个头比同龄的牛犊矮了许多，但在瘦小的母牛面前吃奶，已是极不相称了，而且力气不是一般的大。因为牛犊吃奶过程很特别，小牛嘬住母牛乳头吸几口之后，用头猛撞母牛乳房，稍大点的牛犊有时会把母牛顶一个趔趄，让人看着都替母牛觉得疼。

母牛越来越瘦，骨头冒得老高，只要小牛继续吃奶，母牛就不可能再受孕。该给它上夹板了，父亲说。夹板是拴半大小牛犊的一种工具，因为小牛的鼻子比较嫩，还没有长出犄角，所以暂时不能戴鼻环。

用两块宽约五厘米、厚两厘米的板，两头打眼用皮绳穿过去形成一个套，然后系在牛头颈上，再把缰绳绑上，就可以控制住小牛，一来不让它乱跑，二来就可以把它和母牛分开以让它及早断奶。上了夹板的小牛暴跳如雷，拼了命地挣扎着力图挣开夹板，拴牛桩被它拽得几乎快要倒下。父亲生气了，拿出鞭子使劲抽它，挨了皮鞭的小牛眼泪汪汪地看着母亲，母牛也是一脸的无奈，呆呆地望着小牛，在父亲抽打小牛的时候，急躁地围着牛桩来来回回地转圈。

白天可以将母子俩分开拴着，可家里就一个牛圈，到了晚上还得拴在一起。有缰绳拴着它也够不着啊！父亲觉得这不成问题，以为这回可以成功给小牛断奶了，但是没想到，让人意想不到的事还是发生了。

这天吃过晚饭已是傍晚八点多了,那会儿还没有电视机,三伏天的傍晚,屋里极其闷热。一家人坐在院里的苹果树下乘着凉,弟弟和妹妹围着树追逐嬉闹。忽然,就听牛圈里发出一阵很响的轰隆声,巨大的响声让两个小孩受到惊吓,尖叫着扑向母亲。父亲则闻声一跃而起奔向牛圈,我也紧随其后,想看看究竟。

这一幕让我至今难忘。牛圈里,母牛将两只前蹄放在半人高的牛槽上,这样,后腿便到达小牛嘴能够着的地方,一天没喂上奶的小牛,正吧嗒吧嗒地吸得香甜。由于牛槽上方有一根横杆,母牛缩着脖子,艰难地站着,两腿瑟瑟发抖,看到主人冲进来,母牛一惊,下意识地迅速将前蹄放下,由于太急,一条腿踏空,下巴重重地磕在坚硬的槽沿上。"可怜天下父母心"这句常用在人身上的话,此刻让母牛活生生上演!

父亲彻底怒了,拿起槽边的搅料棍奋力朝母牛和小牛身上抽去。"喂不成了,卖掉!"父亲边抽边愤愤地说道。

母牛被卖掉了,在镇上的牛市。

卖牛的那天,我在前面牵着,父亲铁青着脸跟在牛后边,一路无言,只有母牛吧嗒吧嗒的脚步声。

第一次来牛市,感觉很震撼,上百头牛被拴在柱子上等待买主光临,人们三三两两或站或蹲在树荫下、墙角处,抽着烟,有的咬着耳朵窃窃私语,有的则大喊大叫着,为一二十块钱争得面红耳赤。

买卖牲畜的问价方式很特别,讨价还价不用嘴直接说,而是一方将手放到衣角下边或者草帽底下,让对方伸手指,叫"摸价"。我和父亲将母牛找了个有树荫的地方拴下,父亲随即去人群中打探行情,我则静静地靠着树身坐下,母牛望望我,再望望其他牛，用长长的舌头舔了舔鼻尖上的汗珠，显得很茫然。

不断有买主走到那些膘肥体壮的大牛跟前，掰开牛嘴看看，然后经过一番讨价还价后牵出牛市，瘦小的母牛很少有人问津，父亲有些沮丧，一支接一支地抽着烟。

已是后半晌的时候，市场里的牛已稀稀拉拉被买走大半，我靠着树干迷迷糊糊打着盹，突然被一个女人尖利的喊声惊醒，"谁的牛？"我一激灵，睁眼一看，眼前一个矮矮胖胖、叼着烟卷的女人指着母牛喊道，嘴角一抖一抖，烟灰随着话音不断飘落。

"我的牛！"父亲应声赶过来，就在快到跟前的时候，父亲摆摆手说："算了算了，我再等等。"胖女人乜斜了父亲一眼，悻悻然走开。我有些诧异，弱弱地问了一句："咋不卖呢？"父亲看了母牛一眼说，她是屠宰场的牛经纪，买去是要杀掉卖肉。

庄稼人卖牛有个底线：牛为他们卖力，他们得给牛找个好人家。

快散集的时候，母牛被人牵走了，六百元。买牛的也是一对父子，父亲腿有点瘸，儿子八九岁的样子，买主说他腿不方便，小点的牛他好经管，追得上。

牛，从一个普通动物到变成劳动工具，是需要一系列工作的。公牛在长大之前，还要经过扎鼻环和阉割这两个过程，专业术语叫"去势"，意即使其丧失生育能力。扎鼻环相对痛苦少一些，用一根削尖了的木棍，抹上菜籽油，一手捏住牛的鼻子，一手猛地刺穿，再迅速将事先做好的鼻环戴上，鼻环的连接处用绳子系在牛犄角上。

离开娘的小牛也被去势，扎了鼻环，一头桀骜不驯的公牛但凡遭受这两次磨难之后，便没有了丝毫的攻击性，任由人们摆布，连名称都得改，叫"犍牛"。没见过这场面的人，哪知道童话故事里牛温顺的形象背后，这些血淋淋的真相。

小牛被迫开始吃草料，一年多时间，长成了一头膀大蹄圆的大犍牛，红光油亮的毛色，两只粗大尖锐的犄角骄傲地指向天空，显得格外威风。

小牛是在我家出生的，如同家里的一名成员，大家看着它从出生时颤颤巍巍学步，到懵懵懂懂地撒欢、乱窜，跟鸡抢食，跟狗干仗，憨憨的模样很是可爱。牛的一生也就这一两年活得无拘无束，常言说：初生牛犊不怕虎，小牛犊胆子确实挺大，常常误闯别人家菜园，把人家的菜踩得稀巴烂。追着手里拿着馍馍的小孩抢东西吃，把小孩子吓得扔下馍馍哇哇大哭。它有时候甚至还去骚扰邻居家的驴子，先是试探着用头去蹭驴的肚皮，驴看它小挪挪身子，它却得寸进尺，以为人家怕它，倒退两步用力去撞，驴不堪其扰遂用蹄子去踢，小牛顽皮地蹦跶出老远，还不忘回头看看驴狼狈不堪的样子，如此三番两次之后，驴被欺负得嗷嗷叫，听过驴叫的人都知道，驴的叫声像极了成年男人的哭嚎声。悲惨的叫声和小牛的调皮相映成趣，惹得路人大笑。

成年了的小牛开始为家里做贡献，别人家都是两家搭伙，用两头牛拉一张犁，父亲起初也是和别家搭伙，后来由于性格原因，和别人为琐事闹得不愉快，索性让小牛单独干活，可怜它这一干就是七八年，直到一件意外事件的发生。

那是1988年的7月末，我已经上初中二年级了，此时的小牛已算"牛到中年"。麦收工作刚刚结束，人和牛都暂时松了口气，麦子上了囤，还没来得及封顶，一场意外发生了⋯⋯

这天傍晚，我像往常一样将牛从门外的大槐树上解下往牛圈里拉，刚走到门口，就看同村的几个小伙伴儿急匆匆从我身边跑过，我好奇地问了句："干吗去呀？这么急。""大队部门口放电影，快走吧！"

大队部门前的场院，是村里的政治文化中心，相当于现在的文化广场,尽管自 1980 年以后,原来的人民公社已经改称乡政府,生产队改称村民小组了,但人们仍习惯称村民为"社员",村委会仍旧称呼"队部"。这是一块约两百多平方米、很开阔的场地,农忙时做碾麦场,闲时开会、放电影,过年排练秧歌,上边来的报告团作报告的,外地来的耍猴的、演杂技的,小商小贩卖花生瓜子黏牙糖的。印象最深的是有一次来个照相的,那是我平生第一次看见照相器材,一块画着漂亮洋房的布景挂在队部门边的墙上,几步开外一个三条腿的架子上,用红布蒙着一台机器,照相的师傅撩开布,弯腰蹶腚,把头放进去摆弄一会儿,然后攥着一个黑皮球一样的东西,对拍照的人喊:"注意了,看这里,笑一笑!"然后一捏那个黑皮球,就听那机器"咔嚓"一声,师傅说声好了,然后放下黑皮球,再钻进去摆弄。很神奇的样子吸引了大批人围观,大人小孩好奇地弯下腰去看照相机,被师傅不时告诫不能碰倒了、会跑光之类的,有一些老人摇摇头告诉身边的人:"别高兴的照什么相,这东西吸血呢!那底版上就是你的血印上去的。"有些胆小的就被吓着了,呵斥哭闹着要照相的娃儿:"不敢照相,那玩意儿吸人血呢。"

尽管如此,照相的人还是络绎不绝,一大堆人围观着坐在布景前的人嘻嘻哈哈、指指点点,被照的人既兴奋又害羞,那表情啥样的都有,硬挤出来的笑比哭还难看。

我那天也像着了魔似的被热闹的气氛感染了,看着同伴和父母兄妹站在布景前神气的样子,终于按捺不住了,跑回家跟母亲哭闹着要照相,母亲拗不过,翻箱倒柜想给我找件像样儿的衣服,找来找去,找出来一条妹妹过年做的穿了一水的裤子,让我换上,这要搁平时,打死我也不会穿的,但为了能照相就顾不了那么多了,草草换上,再用毛巾在脸上囫囵画了几圈儿,便屁颠屁颠地和姐姐妹妹一起,跟着母亲往队部门前跑。

真正站在布景前，我后悔了，那么多人同时看向我，嬉笑着指点着，好像都在议论我腿上那条不合身的裤子和脚上那双没有后跟的胶鞋。本来就黑不溜秋的脸也涨得通红，表情已经扭曲，恨不得找个地缝钻进去，逃离这个窘迫之地，本能地去拉姐姐的手，但是姐姐此时正一脸严肃地看着镜头，不屑地甩开我，直到师傅喊了声：好了！我才逃也似的赶紧离开。那年我八岁，照了人生中第一次相，也是儿时唯一的一张，虽然表情淋漓尽致地体现了当时极囧的内心，让但凡看到的人笑得前仰后合，但毕竟是唯一张，所以显得弥足珍贵。

场边有一棵高大粗壮的老槐树，树身直径要六个大人合抱才能围住，由于年代久远，树身已经中空，形成一个直立的大洞，人可以在树身中爬上爬下，这对老树的安全形成威胁，为日后的生存埋下祸根。树下部突出的根，盘根错节形成一个底座，刚好供人们闲坐乘凉，小孩子们攀爬嬉闹，经年历久的摩擦，树身变得油光发亮。这棵静静矗立在村中心、曾经见证过不知几代人喜怒哀乐的古槐，经历过几次顽童的纵火之灾，都被及时扑灭，但最终还是在2001年的一个冬夜，被几个熊孩子点燃后没能救下，空洞的树身被烧穿，在围观人群的惊愕声中轰然倒下，巨大的轰隆声震撼了小村庄。从此，那个曾留在许多人儿时记忆里的老槐，像一个沧桑的老人，带着无比的眷恋和一代代人的回忆，消失在人们的视野中……

我急急忙忙把牛赶进圈就转身奔向大队部门口了，看了约莫半个钟头，觉得也没意思，就又回家了。

刚走到大门口就觉得不对劲，大晚上的怎么院子里路灯亮着，而且还有三四个人影在牛棚门口晃来晃去，走近一看，父亲正拿个给牛喂药用的东西往牛嘴里塞，牛痛苦地发出阵阵作呕声，嘴角不断有唾液流出，滴得满地都是。

事后我才知道，由于我匆忙中没有将缰绳拴牢，牛越过圈门跑进粮仓，偷吃了刚刚晒干不久的麦子。

这下闯大祸了，不仅是因为损失了几十斤麦子，要知道牛有三个胃，干透的麦子吃进胃里，经胃液浸泡，体积变成原来的两倍，这意味着牛会被活活撑死，父亲给牛喂了大量的菜籽油，据村里有经验的人说，这样可以减缓麦粒的膨胀速度，还可以让牛尽快将麦粒排出体外，并且无论如何也不能喂水和草料。

牛的肚子大得吓人，像一个随时会爆炸的气球，胀大的肚子让牛卧不下去，站立不安。牛非常痛苦，努力排便以减轻痛苦，但偶尔拉出一点，粪便里几乎全是泡大的麦粒，引得几只鸡不合时宜地凑上去，扒拉出麦粒吞下，发出满足的咯咯声。

望着日渐消瘦的牛，我感到无比愧疚，付出平日几倍的时间陪在它身边，以减轻负罪感，我真希望牛会说话，能骂我几句，可是它只会耷拉着耳朵痛苦地走来走去，用鼻子凑近我的脸，伸出粗糙的舌头舔我的脸，火辣辣地疼，直钻心底。

牛最终还是没能挺过去，在坚持了七天水草未进后的一个夜晚，饥渴难耐的牛拼尽最后的力气咬断缰绳冲出牛棚，喝光了洗衣服剩下的半桶水后，倒在了院子里的苹果树下，肚子胀得巨大无比，四条腿直挺挺张开，眼珠突出。那样子在我脑海里存留了很久，很久……

我和牛的故事就此告一段落。之所以用这么长的篇幅写牛，除了牛在我童年生活里不可磨灭的记忆，以及和牛长久相伴建立的深厚感情之外，我是很替牛抱不平的，因为据史料记载，自人类学会耕种以后，牛便被驯服奴役，直到现在，可以说，人类的发展史，便是牛的血泪史。牛，用它坚实的步伐，一步步踏出的人类文明！

进入 21 世纪以来，随着科学技术的发展，机械化程度的不断推进,牛渐渐退出了历史舞台。现在的农村已看不到牛的影子了,农村人都使上了喝着柴油、冒着黑烟、效率更高的拖拉机,能看到牛的地方是大型养牛场,那些牛整日被饲养在钢筋水泥的牛舍里,直至膘肥肉厚后,屠宰成鲜红的牛肉,送到菜市场,端上人类的饭桌。绿草如茵的山坡不属于它们,宽阔平坦的碾麦场不属于它们。听不到牧童稚嫩的歌声,看不到高原一望无垠的庄稼,吃不到带着露珠、鲜嫩得能淌出水来的青草。

就在昨晚,我梦见了我的牛,它站在开着各种颜色小花的山坡上,我躺在它身旁,听着它大口大口啃着青草的唰唰声,笑出声来……

无处安放

　　人在极其无奈的时候，用假设来给自己找台阶下是个不错的办法。比如，我是很不习惯买东西砍价的人，在出售东西的时候面对贪心不足的顾客，有时候三下五除二就把东西按进价给了人家，但又忍不住要心疼，只好这样想：另外一个不是挣了两块钱嘛！就当只挣了一块吧！被人坑了，就想这多半年没病没灾的，省的也算赚的，东西有价健康无价，就当该咱破这个财，免那个灾了吧！

　　面对残疾的身体、前途以及命运，我也时常假设，我假设上辈子作恶多端，害死过忠将良臣，参与过毁灭地球计划，往恐龙的身体里注射过不明液体，搓过点燃世界大战的捻子。这辈子就是来赎罪的，甘愿受罚的，给世间还一个公道来的，你想一想岳飞有多冤，布鲁诺被烧得有多惨，地球毁灭有多可怕，恐龙倒下时有多绝望，就对惩罚有多宽容和理解，就会减少对遭遇的恐惧，就会对这没有最糟只有更糟的境遇多出几分庆幸来。

　　人各有各的苦恼，各有各的不幸。处于社会转型期中的大多数人，曾经的机遇和优势转瞬在变革中消失，曾经的荣耀有可能变成耻辱，工人和农民，在上一段历史时期里那是多耀眼的光环，多么稳固的城堡啊！如今却要在商业潮和新价值体系的轰炸下，被夷为平地，被焊死的农民身份，却又不甘心像父辈那样一辈子土里刨食，给后面加了个"工"字来到城市，楼一座座建起来，却没有一间属于自己，路一条条修起来，却不能带家人安享天伦。他乡能安放肉身，却不能安放灵魂，粗茶淡饭可以安慰辘辘饥肠，养家糊口的使命无力支撑初心梦想。

有点才华，离出众甚远，有些情怀，只能对月空叹，当财富不能为你作证，你永远就是那个耽搁别人幸福的有罪者。一心想跃出农门，大半辈子过去了，却依然原地踏步，做生意没发大财，喜欢教书又没有文凭、少机遇，好不容易遇到一个，结果还是个坑。在喜欢读书的年纪里无书可读，现在有书了却没了心境。不敢面对渐渐长大的儿子，不敢面对车子房子票子，不敢面对日渐苍老的容颜和不断退化的身体。无奈、焦虑、浮躁，肉体越来越沉，灵魂却越来越轻，沉到把自己压伤，沉到不知怎样安放。轻到时常找不到存在感，轻到在暗夜里稍有动静能目睹它飞出躯壳。

喜欢上了写作，却越写越迷茫，不知道自己写的东西在不在正确的轨道上，和文学沾不沾边，不知道该把自己定义为一个写作者还是一个文字的搬运工。不知道写下去的意义，不知道这会员那会员要把自己引向何方。

也梦想过把自己的字印在纸上变成书，但我不知道出的书会不会在读者心里、在书店里是否有合适安放它的地方。

在很长一段时间里，我是迷失的，逃避的，我躲在那个光环里不能自拔、得过且过，记得2002年冬季在中心小学代教时，一个同村的小女孩当着全班同学的面向我喊道："我认识你，你不是老师，你是农民。"全班同学齐刷刷看向我，等我的反应。当时说实话真够受打击的，很尴尬，想反驳，竟又无言以对。也就是这一次，让我更加清楚地意识到：固执地沉迷于这份和自身实际并不契合的职业，或者说过度沉迷于这份职业虚妄的光环，对我毫无意义。我不敢定义自己在这段代教的生涯里是个教师，还是个打工仔，是无尽的热爱变成的伟大的逐梦者，还是个卑劣的想逃脱劳动的投机分子，我不敢想离开学校和课堂，我和我那些曾经的学生再有没有用"老师"这个称谓定义面前这个人的自信。

一个时代里要产生一些新的东西，必将淘汰一些东西，这是铁律。不接受就是自取其辱了。

人的痛苦源于无穷无尽的欲望。太多的欲望让人变得不安分，之所以时时都有无处安放自己的感觉，也是源于这种不安分。不安分，使人有限的生命充满无限的可能，使生命更具张力，但同时又让灵魂流离失所，找不到归宿。而即当安分的时候，生命也就萎缩成一团衰肉，没有了光彩。人生的方程里，快乐是未知数，痛苦才是常数。生命只是个许许多多的过程，结果只有一个，就像游戏一样，结局没有任何意义，如果非要说意义，无意义就是最大的意义。就像刀割过皮肉、浴火的凤凰，苦难的作用是让这种无意义愈加地清晰。这样说来，其实无处安放，尤其在底层人这里，恰恰是在证明着活的真实可触，恰是为生命的拓展在寻找一个出口。

雷霆雨露俱是天恩，逢魔遇佛皆为度化。罢了吧，得之我幸，失之我命，命里有时终须有，命里无时莫强求。敢于和命运抗争的是强者，勇于向现实妥协的也未必是弱者，同样需要勇气。好在社会的发展越来越趋于多元化，城乡之间的壁垒已经完全被打破，一代人有一代人的使命和担当，未来，我们的下一代无须再延续我们的迷茫和困惑，乡愁会只是个传说，鲤鱼跳龙门的故事会继续讲下去，但可以肯定的是，这个形成于农耕文化里千百年的"农"门，他们无须再去跳了。总之，这还是值得庆幸的事。

苦难是把刀，说到刀，人们都不自觉地想到它的刺痛，忽略了它"刻"的功用，多少美好的东西是它刻出来的呀！善待苦难，从认识它开始，从接受它开始，当你做到这些的时候，苦难便不再是苦难，它使你从容，使你深刻，使你面对一切困难的时候，至少都不是那么地沮丧。

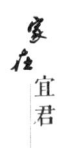

后　记

老苗说要给我出书，着实让我又惊又喜。

这些年写了些东西，但说到出书，还真没这个勇气。这让我想起了我学过木匠手艺的父亲。他的木匠手艺基本上是自学的，他这人聪明，但年轻、自负，手艺还没学精就和师父闹掰了，因此他的木匠手艺，便是泥池池里披水——半瓶子了。

学过木匠手艺的父亲只做成过一件大家具，是一张又笨又粗糙的三斗桌子，那张桌子虽然笨点、粗糙点，但一直用到了现在，那是他学过这门手艺的见证，也是他梦想的见证。

我喜欢看书，也经常尝试写作，从小就梦想过有朝一日自己写的东西变成铅字，印在纸上，让更多人看到。但三十岁之前没写过一篇完整的文章，常常是有头无尾，写了撕撕了写，连自己都看不过眼，更不敢让别人看。

四十二岁之前，身体还允许我在外奔波。疾病的穷追不舍和谋生的艰辛，已让我没有过多的精力和心气儿重拾儿时的梦想，眼见当初埋下的那颗文学梦想的种子就要一天天在阴暗的角落里烂掉，丧失生命的光华，令我痛心不已。

说来还是这该死的疾病了了我的心思。从2014年起，我就不能在室外行走了，整天蜗居店里，百无聊赖、郁郁寡欢，犹如坐井观天的青蛙一般。

2016年的一天,我无意中看到了余秀华,看到了她的诗,有好几天,我都沉浸在成为作家的梦里,亢奋着,似有一团烈火在胸中熊熊燃烧。冥冥中有股力量推动着我,促使着我不停地写,越写越起劲,居然能写得很完整,而且先过了自己能看过眼这一关。

第一个月就写出了四万多字,好不好的发出去居然很快收割到一批粉丝,各种走不走心、中不中肯的好评奔涌如潮。也因此结识了许多的同好,他们的鼓励和支持更成为我前行的巨大动力。我有时候很懒惰,身体时好时坏,偶有消极,是他们无微不至地关心和鼓励,让我坚持到了现在。

出书可能是每个写作者的梦想吧!文字就像是自己的孩子,长得再丑也是自己十月怀胎历尽艰辛生出来的,谁不想找个好的地方来安放呢?就像半瓶子水木匠手艺父亲和他做的那个三斗桌子一样,是丑了点、笨了点,但如果不是当时的那股热乎劲儿和不怕人笑话的胆气,就连那个丑笨玩意儿都没有呢!那才真正遗憾!至少在他百年之后,子孙们看到那张桌子还知道:哦,我还有个会木匠活儿的爷爷,尽管他就是个半瓶子水。以前和朋友们聊的时候也说起过出书,但碍于囊中羞涩加之没有底气,害怕出的书遭到冷遇等原因,一直不敢朝那里想。

但经老苗这么一说,想想自己这大半辈子除了写了些字还算有点成就之外,也没有什么有价值的东西留给后人了,罢罢罢!像文坛老农、我的偶像陈忠实说的那样,就当给自己将来躺在棺材里的一个枕头吧!

半推半就地,我就应承下来了,并开始为此做着准备。老苗说你尽管弄好你的作品,其余的交给我。老苗名叫苗福红,是新上任的残联理事长,干事雷厉风行,更重要的是他有一份对残疾人弱势群体强烈的爱心和责任心，一上任就下基层摸底，把最实惠最恰当的帮扶措施带给残疾人。他看得没错，这的确算是对我最恰当的帮扶措施，精神也需要帮扶，他说，他最想看到的是一个人充满精气神的状态。

　　我得感谢他，没有他的鼓动支持，我这辈子可能都不敢想出书的事。要感谢的人太多太多，最要感谢的当然是众多背后默默支持我的读者朋友们，这里面，有你们一半的功劳。

2023 年 7 月